BALAS DE PLATA

En noviembre de 2007, un jurado integrado por Juan Marsé, en calidad de presidente, Almudena Grandes, Jorge Edwards, Evelio Rosero y Beatriz de Moura otorgó por unanimidad a esta obra de Élmer Mendoza el III Premio Tusquets Editores de Novela.

colección andanzas

ELMER MENDOZA

BALAS DE PLATA

DISCARD

PREMIO
TUSQUETS
EDITORES DE NOVELA

7/18
$10

1.ª edición: marzo de 2008

Diseño de la colección: Guillemot-Navares
Reservados todos los derechos de esta edición para
Tusquets Editores, S.A. – Cesare Cantù, 8 – 08023 Barcelona
www.tusquetseditores.com
ISBN: 978-84-8383-057-4
Depósito legal: B. 7.608-2008
Fotocomposición: Pacmer, S.A. – Alcolea, 106-108, 1.º – 08014 Barcelona
Impresión: Limpergraf, S.L. – Mogoda, 29-31 – 08210 Barberà del Vallès
Encuadernación: Reinbook
Impreso en España

Para Leonor

La vida es peligrosa, no por los hombres que hacen el mal, sino por los que se sientan a ver qué pasa.

Albert Einstein

El México Real a muchos les horroriza, no que exista, que se hable de él.

Joaquín López-Dóriga

Uno

Sala de espera. La modernidad de una ciudad se mide por las armas que truenan en sus calles, reflexionó el detective sorprendido por su insólita conclusión, ¿qué sabía él de modernidad, posmodernidad o patrimonio intangible? Nada. Soy un pobre venadito que habito en la serranía. Ver al terapeuta lo ponía nervioso y mataba el tiempo pensando en todo, menos en lo que debía enfrentar. ¿Cómo se escabecha en París, Berlín o islas Fidji? De una puerta ocre mal pintada salió una joven despeinada con cara de traer una mascarilla de huevo. Sin saludar, siguió rumbo a las escaleras.

Entró. El despacho olía tanto a tabaco que quitaba el deseo de fumar. El terapeuta, después de un vistazo a su libreta de notas, fue al grano: Me sorprende el bajo perfil de tu instinto de conservación, ¿cómo es posible que no dieras un pataleo? ¿Podría usted haber dicho que no?, yo no; era un niño y no pude salir corriendo o gritar, no pude; ¿cree usted que un mocoso de nueve años reaccione para salvarse cuando se ha convertido en un monigote asustado?, yo no; perdí el valor, quedé paralizado, convertido en un títere; y aunque usted insista, no puedo con mi condición de individuo abusado; lo medito, lo vuelvo a meditar y no, no voy a aceptarlo como si me hubieran dado una palmada en la espalda.

Era el punto de quiebre y durante poco menos de dos años lo había repetido mientras hablaba de olores, sonidos, luz opaca. Odio la música de Pedro Infante. Eso no me lo habías contado, el doctor Parra encendió otro cigarrillo, ¿a él le gustaba? No escuchaba otra cosa y también veía sus películas; hablaba de ellas como si fueran la última cerveza en el estadio; un par de veces, antes de que ocurriera, me llevó al cine; la pasé bien; ahora ese recuerdo me duele. ¿Te compró palomitas? No, o en todo caso lo he olvidado, ¿debo recordar eso también, está incluido en el pacto degenerativo del que me habló la otra vez? No necesariamente, las palomitas son parte de la memoria permanente, generalmente inofensiva; sin embargo, en este caso, dado su origen, podrían ser un elemento presente en la bolsa de intoxicación o espacio basura, en todo lo que vuelve a un sujeto ajeno a su historia personal.

El detective posó los ojos en el librero a su derecha. ¿Se acuerda por qué me hice policía? Más o menos. Pues cada vez estoy más seguro de por qué elegí esa profesión. Refréscame la memoria. De niño quería ser cura, hizo una larga pausa, Parra anotó en su libreta, Enrique andaba con la onda de ser bombero, aviador, investigador submarino, todo eso que les gusta a los niños; yo no, mi deseo era convertirme en misionero en África o algo así, pausa, y vea en lo que paré. No te va tan mal. Tampoco tan bien y no creo, como usted dice, que me hice poli para proteger a los débiles y hacer justicia; quería ganar dinero fácil y largarme de aquí lo más pronto posible. Sin embargo te quedaste. A todo se acostumbra uno. Y te enemistaste con los que podrían enriquecerte rápido. Qué más da, la vida es una tómbola.

Consultorio en el centro de la ciudad. Parra en su desgastado sillón reclinable, Edgar Mendieta en una silla normal que prefería a la misteriosa desnudez del diván. Era un sitio tenebroso que olía a detergente barato. En alguna de sus visitas se lo había señalado pero al doctor le daba igual, sólo comentó que era la parte lúgubre de una ciudad decadente. Parra vio su reloj. Edgar, tienes que dejar eso atrás, no estás seriamente dañado y los años te han traído cosas, préndete de ellas; sé que piensas que la felicidad es una estupidez, pero aunque no lo creas, es una de las escasas posibilidades que te quedan para alivianarte, y deja de beber, te puedes cruzar con el ansiolítico, lo menos que conseguirás es quedarte dormido en cualquier parte; eres un hombre exitoso, disfrútalo y reactiva tu vida amorosa, ya ves cómo nos pone la sonrisa de oreja a oreja, ¿te acuerdas de cuando anduviste con aquella chica?, haz algo, quiero ver en tu cara esa sensación de energía que te hace creer que puedes tragarte el mundo; vamos, ve tu futuro de otra manera y, bueno, es tiempo de irnos. Parra usaba barba y se notaba sucio y cansado. Nunca había hablado tanto, doctor. Es que te veo recuperado, un poco alterado pero aún dentro de tu equilibrio. Y porque debe llegar temprano a casa. Pues sí, qué quieres, como hombre de familia trato de estar para el noticiero de las diez; dejemos abierta la próxima cita, tal vez no la necesites. Más me vale.

Salió. Distraídamente miró el cielo nublado. Una camioneta Lobo y dos Hummers negras se abrían paso sin respeto al resto de los conductores. Tocaban corridos a todo volumen y de una de ellas lanzaron una botella de cerveza que se hizo añicos a los pies del detective. El gran logro del poder es el orden, rumió. Aquí estamos valiendo madre. Abordó el Jetta que tenía el radio encendido. Es tiempo de la segunda edición de *Vigilantes nocturnos,* expresó un locutor, el primer programa de la radio en la ciudad. Lo apagó, se metió al nutrido, para la hora, tráfico de la avenida Obregón y se marchó a casa en silencio.

No cenó para no tener pesadillas.

Dos

Lloviznaba. ¿Tenía miedo? No. ¿Esta agua de marzo significaba algo? No creo. Podría recordar una canción brasileña o una lejana e indiferente ciudad pero no estaba para eso. Paola Rodríguez cruzó la reja de la calle y avanzó lentamente hacia la casa: blanca, un piso, puerta de madera. Al bajar de su carro frente a la entrada nunca vio una camioneta de vidrios ahumados estacionada a unos metros de ella y cuyo parabrisas, empapado, cubría perfectamente al conductor. ¿Indecisa? Ni lo piensen. Aunque sentía la cicatriz de ciertos besos, ejercía resuelta el aplomo de su hermosura. Le agradaba mojarse, mas ahora sólo tenía a Edvard Munch en la cabeza: *Skirk*, y a Frida Kahlo: *Las dos Fridas*. Diego era un desgraciado que más valía ignorar. Su mente era una vibración que no le interesaba controlar, su pelo rojo se avistaba astroso por la humedad y la hora. Las flores del jardín: pocas rosas, menos caléndulas, una buganvilia, no se advertían en la mínima oscuridad. Un sedán color trigo en la cochera abierta reflejaba la luz de un foco que pendía de la pared. Abrió la puerta azul con su llave. Casa tipo americano, de dos aguas, barrio de clase media. En la calle la camioneta de un vecino se alejó despacio, otro encendió la suya. El chirrido de la puerta al cerrarse debía recordarle algo pero no ocurrió. De su bolso extrajo una escuadra negra. Serían alrededor de las seis de la mañana y Bruno Canizales no tardaría en levantarse para ir a correr, el infame traidor, el «me jodo en todo y me importa un carajo, un comino, un bledo lo que sea». Ah, exhaló ella. Buscaba que la oyera, que la viera entrar, que se exaltara, que se le agrandaran los ojos ante su tenebrosa Beretta: Paola, mi amor, mi reina, guarda eso, te ves preciosa pero mejor escóndela, es muy temprano y... Desgraciado, bien que sabes a lo que vengo, ¿verdad? Se lo había advertido: Si me dejas te mato. Le dolía además que la hubiese abandonado por ese siniestro bailarín que maldita la hora en que ella misma se lo presentó. Es un gran amigo y el mejor bailarín del mundo, un verdadero artista. Pao, no exageres, por favor, ve cómo me he puesto. Todas esas tipas que revolotean a tu alrededor no me importan, son mujeres y las entiendo, incluyendo a la diabla que nos encontró aquella vez. Él es diferente, y me duele. No vio la sala ni la cocina impecables. Ignoró las plantas que ella misma había llevado y los cuadros que varias veces fueron tema de animados debates.

Soy de los que no se casan, dijiste, y yo, según muy moderna, te respondí: Yo también, sonreímos y luego pasó todo.

Cortó cartucho y siguió por el pasillo. Tragaluz. La puerta abierta del estudio no le llamó la atención. La habitación de las visitas cerrada. Al fondo la recámara del licenciado Bruno Canizales, el hombre de su vida, que es al único al que una mujer decente tiene derecho a matar sin remordimientos. Se aproximó a la puerta de donde pendía un adorno de palma bendita. Silencio. Abrió con cuidado. Es tu hora, desgraciado. Penumbras. Agresiva fragancia. Se inquietó, no le gustó la postura del cuerpo sobre la cama desordenada, encima de las sábanas, atravesado. ¿Duermes, maldito perjuro, después de una noche de sexo desbocado? Apuntándole se acercó a la lámpara pero no la encendió. No lo necesitaba para advertir que Bruno estaba muerto.

Se sentó en el piso con la pistola entre las piernas y comenzó a llorar. Me hubiera casado contigo sólo para estar juntos; cara de ángel, hubiera prometido amarte y respetarte hasta los últimos días de mi vida, en la salud y en la enfermedad, en lo... y en lo adverso; decidí no ser estúpida y ve lo que estoy pensando. Dios mío, todas las cosas del mundo se pueden falsificar menos el amor. A su lado los zapatos. Se rascó la mano izquierda con el cañón de la Beretta. Me va a llegar dinero, masculló, luego le colocó el seguro, la guardó en el bolso y se puso de pie. Contempló el cadáver con ropa de calle sobre las sábanas revueltas, el rostro pálido, afeitado. Sobre el buró distinguió un libro de su propiedad y una tarjeta: «Recoger al Dr. Ripalda, 7:15. Aeroméxico». Paola Rodríguez vio su reloj: 6:08. Bruno querido, alguien te odiaba más que yo. Abandonó el lugar sin ocuparse para nada del cuerpo.

Bella: imposible describirla.

Lloviznaba.

Tres

Mendieta tomó su pistola de la guantera, bajó del Jetta, la metió en su cintura y no cerró la puerta, escuchaba a Herman's Hermits, *There's a kind of hush,* de un cedé de *oldies* que lo traía patinando. Espero que sea uno de esos casos imposibles que son en los que mejor nos va, especuló. Jamás los resolvemos y ni quién se preocupe o haga preguntas a las tres de la mañana. Vestía playera y *jeans* negros, el mismo color de su delgada chamarra rompevientos. En un amplio estacionamiento para camiones de carga, en un barrio suburbano conocido como Piggyback, junto a una caja de tráiler abandonada yacía el cadáver de un hombre que aún no había sido identificado. Por comodidad guardó la Beretta en el bolsillo de la chamarra mientras atendía a Daniel Quiroz, reportero de *Vigilantes nocturnos,* cuya barra se especializaba en nota roja y que gracias a sus conexiones era el primero en llegar al escenario del crimen.

Zurdo, ¿sabes algo que yo no sepa? Por el azul de sus ojos parece que se trata de Steve McQueen, de nacionalidad norteamericana, de profesión motociclista. Pero si no lo has visto. Soy adivino, ¿lo olvidaste tan pronto? Seré lo que sea, mi Zurdo, pero no soy ingrato, y menos desleal con un bato como tú que me ha hecho tantos favores. Jefe, lo llamó Gris Toledo, su compañera, que había pasado de agente de tránsito a la policía y que desde la jubilación de Sánchez trajinaba a su lado. Mamacita, se pronunció Quiroz, qué buena estás, no tienes intereses allí, ¿verdad, mi Zurdo? Dios me libre, nunca me involucraría con una mujer a la que le apestan los pies. Yo sí, lo que disfrutaría chupándole sus deditos.

Los técnicos habían bloqueado con cinta amarilla el lugar y dos ayudantes del doctor Montaño, el forense, trabajaban sin mucho entusiasmo. A lo lejos un remolino indicaba que si febrero era loco, marzo otro poco.

La cobija era café y se hallaba empapada, con un alce entre riscos estampado en el centro, sobre el que yacía el cuerpo del hombre, cuarenta y cinco a cincuenta años, calculó el detective, uno ochenta de estatura, camisa Versace, descalzo, castrado y con un balazo en el corazón. Uno de los polis que inspeccionaba el lugar regresó con una bota vaquera de piel de avestruz, Mendieta hizo una mueca. Pasemos el caso a Narcóticos, mandó a su pareja, varios celulares sonaban. No necesitamos su nombre para saber a qué se dedicaba. No sólo lo han castrado, también le cortaron la lengua, aclaró Gris, no hemos localizado casquillos, lo que hace pensar que lo mataron en otro lugar y lo trajeron aquí. Es igual, cualquier asunto con narcos de por medio ya ha sido resuelto, llama a Pineda para que se entienda con Ortega que no tarda en llegar y nos vemos en la oficina. ¿Qué le digo al Ministerio Público?, señaló a una joven que miraba la escena con ojos desorbitados. Lo que se te ocurra, avanzó rumbo al Jetta blanco que se encontraba entre una hilera de contenedores. Algunos traileros curioseaban mientras bebían café y comían tacos de machaca y frijoles. Dos habían visto una Lobo negra tirar el cuerpo pero ni locos lo dirían. Con la policía mexicana cuanto más lejos mejor y de los matones también.

Fanfarria del séptimo de caballería. Mendieta, expresó el detective respondiendo el celular al jefe Briseño. ¿Dónde estás? Viendo una tomatera y a un ejército de oaxaquitas cortar pimientos rojos y verdes, y ya que me llama le informo que llegaron los de Narcóticos y exigieron sus derechos sobre el encobijado, se lo pasamos para evitar problemas, ya ve cómo son delicados. ¿Quién fue? Pineda, el más celoso de su territorio. Déjalos y háganse cargo de un caso en la Guadalupe, hace media hora nos reportaron un muerto, se llama Bruno Canizales, era abogado, candidato a profesionista del año y miembro de la PFU. ¿Y eso qué es? Pequeña Fraternidad Universal. Me sonó a Policía Federal Preventiva. Nada, se dedican a la meditación y al vegetarianismo, la denuncia la hizo el doctor Francisco Ripalda, que llegó de visita de la ciudad de México y se iba a alojar con el occiso; anota el domicilio; muévanse.

Conocía la colonia Guadalupe bastante bien. Cruzada por la avenida Obregón, bajo el templo La Lomita, se asentaba a un costado de la Col Pop donde había vivido toda su vida.

En la sala se hallaban reunidos el doctor Ripalda, un hombre delgado y dos mujeres, una de ellas se veía particularmente abatida. Bebían limonada. Mendieta y Gris observaron el cuadro por un momento y se sentaron con ellos. ¿Caso imposible? Espero, el detective sacó su Palm y se extendió, cuando hay cadáver los vivos son más importantes que el muerto. En la pared colgaban paisajes, algunos diplomas de la PFU, un cuadro de María Romero que representaba la extirpación de los genitales femeninos y otro de Kijano. ¿Quién lo encontró? Mientras Ripalda alzaba su mano, Mendieta observó al resto. Tres macetas con plantas creaban un ambiente agradable.

Somos miembros de la Pequeña Fraternidad Universal, de la que el licenciado Canizales también formaba parte; vivo en el DF pero estoy impartiendo un curso sobre Meditación Trascendental y desde hace un mes vengo los fines de semana, el licenciado siempre iba por mí al aeropuerto y me hospedaba aquí; esta mañana cuando vi que no llegaba y no respondía el teléfono, tomé un taxi; encontré la puerta abierta y a él en su cama, ¿no va a ver el cuerpo?, porque salvo la puerta no toqué nada. ¿A ellos usted los llamó? Le hablé al señor Figueroa, señaló al hombre delgado, que es nuestro encargado aquí. ¿Usted qué hizo? Telefoneé a Laura y a Dania para que me acompañaran, soy bastante impresionable y no me atrevía a acudir solo, aún no me he animado a verlo, se volvió a la habitación del fondo. ¿Y ustedes? Laura Frías se limpió una lágrima. Nosotras ya lo vimos. Aparte de ser compañeros en la PFU, ¿hay algo más? Éramos como hermanos, jamás nos dejó a nuestra suerte. Dania Estrada tenía bella voz. Laura simplemente avaló. A propósito, llamamos a sus parientes a Navolato y no tardan en llegar. ¿A qué hora lo encontró? Como a las 8:20. ¿Vivía solo? Sí, señor. ¿Lo visitaban con frecuencia? No mucho, expresó Figueroa, más bien lo veía en la sede, que está por la calle Riva Palacio. Nosotras lo vimos la semana pasada, nos tomamos un té en el Verdi y conversamos. ¿De qué? De sus proyectos, de la sorpresa de que lo hubieran nominado para profesionista del año, deseaba volver al Consejo de Seguridad para acabar con la violencia. ¿De veras?, el detective sonrió, ¿trabajaba? En el Seguro Social, era asesor jurídico. El carro que está en la cochera ¿es de él? Afirmaron. ¿Tienen alguna idea de quién lo mató? Negaron. Okey, denle sus domicilios, números de teléfono y celular a la agente Toledo, por si los requerimos para alguna aclaración, hizo una nota rápida en su Palm; están por llegar los técnicos, que les tomen sus huellas por si tocaron algo más.

Abrió la puerta con un pañuelo. Cerró los ojos y se concentró. Los aromas asaltaron sus sentidos y estuvieron a punto de incidir en sus recuerdos: ¿qué es este olor seco, picante?

Observó el cuerpo sobre las sábanas revueltas y la mancha de sangre. Pantalón negro, camisa blanca, calcetines oscuros. El tiro lo tenía en la sien izquierda. El detective percibió la armonía en la pieza, no había desorden en el piso ni en los muebles. Los periódicos del jueves sobre un sillón de cuero. En el buró la novela *Noticias del imperio,* de Fernando del Paso. Tomó fotos con el celular. Con un kleenex cogió el control de la tele y la encendió: Canal 22, el preferido de la clase media culturizada. «Todos los miércoles, a las ocho treinta, *Atrapados en la ficción,* el testimonio de los autores de la literatura mexicana contemporánea», ofreció una voz promocional. La apagó. Bajo el lecho vio un par de zapatos negros, unas sandalias y en el fondo un objeto cuadrado. Movió la cama: era otro ejemplar de *Noticias del imperio.* No lo tocó. Dos ejemplares: ¿un lector? Una de las paredes la cubría un librero que según pudo constatar estaba repleto de literatura contemporánea. Abrió con cuidado el clóset, que también era un modelo de orden perfecto. Un típico ejemplo de pulcritud, juro que seré igual cuando sea grande. Camisas, pantalones y trajes colgaban en una hilera impecable, los zapatos brillaban acomodados. Por la ventana se veía el patio trasero: plantas, un tendedero de ropa, algunas llantas viejas. Baño inmaculado: bata, toallas, jabones, perfumes. Aspiró. De allí no emanaba el aroma picante. Observó su reloj: dos para las once. Tomó algunas fotos con su celular y salió.

Entró Gris, que se quedó mirando el cadáver: En un momento llegan los peritos y un agente del Ministerio Público, Mendieta olía las sábanas, tenía treinta y siete años, soltero, hijo de Hildegardo Canizales, ex ministro de Agricultura, añadió, el detective de nuevo miró su reloj de pulsera, ella se aproximó a la herida: Y era guapo, merodeó el agujero en la cabeza y después la alfombra. ¿Viste esto, jefe? Señaló los zapatos. Qué. Se parecen mucho pero son diferentes, un par de mocasines negros. Mendieta se puso en cuclillas y lo constató: Eres una genio, Gris, y debemos cuidar que no te lleven los rusos, incluso uno está más limpio que el otro. Marcó el celular del doctor Montaño.

Estamos en la Guadalupe por la Río Piaxtla, vente como de rayo. ¿Qué, no andabas en el Piggyback? Sí, sólo que aquel muerto se levantó y se fue a seguir tomando. Llego en quince minutos. Media hora, pensó el detective, e invitó a Gris a salir. Colega, ve con los vecinos y pregúntales lo de rutina, a ver si alguien acepta contarte algo.

Montaño era un médico joven bastante libertino, esa mañana temprano se comunicó con su amigo para informarle que mandaría dos practicantes al Piggyback, a esa hora se hallaría en una habitación semioscura con una porrista de los Tomateros de Culiacán haciendo el ridículo. Hazme el favor, Zurdo, prometo estar a las once a tu disposición. ¿Palabra de hombre? Te lo juro, ¿alguna vez te he fallado? Tal como lo previó, media hora después apareció acompañado de los técnicos de Servicios Periciales que trabajaron con el encobijado: Morros, los zapatos son de dos pares distintos, hay dos ejemplares del mismo libro, chéquenlos y me los pasan, busquen su celular, les encargo las llamadas de una semana a la fecha. Es hijo de un ex ministro de la República y ex miembro del Consejo de Seguridad, digo, para que no sólo llenen la forma. ¿Y Ortega? En la Jefatura. El médico observó el cadáver e hizo un gesto afirmativo, le colocó el termómetro: Si la temperatura baja un grado por hora, lleva de cinco a siete horas muerto. Le movió la cabeza. La bala salió por la oreja derecha y si lo mataron aquí por ahí debe estar. ¿Algo más, antes de la autopsia? Nada seguro. ¿No hueles algo extraño? Sonrió: En estos momentos todavía huelo a mi chiquita, pero tal vez le rociaron algo, ya te informaré. Acordó que le marcara más tarde. Montaño se le acercó sin quitarle los ojos a Gris, que no se había marchado a cumplir su comisión, le hizo la seña de que qué onda con ella, Mendieta le dio a entender que tenía el camino libre, sonriendo hizo la señal romana de pulgar hacia arriba.

Caballería. Era Briseño: Acelera, no le hagan necropsia, que Balística y el forense trabajen rápido. ¿Qué sucede? Así lo quiere su padre, el ingeniero Canizales, ex de la Secretaría de Agricultura, me acaba de llamar el procurador Bracamontes para pedirme que seamos expeditos y entreguemos el cuerpo en cuanto aparezca la familia. ¿Aunque tenga toda la facha de ser un asesinato? No importa, tómalo como si fuera muerte natural. Okey. Pasó la orden a Montaño y a los técnicos que se lo tomaron con naturalidad. En sus departamentos podía pasar y pasaba cualquier cosa. Solamente terminarían de levantar las huellas dactilares.

Cuando se retiraban compareció el abogado de la familia y uno de los hermanos. El padre se encontraba en Estados Unidos negociando el precio de la cosecha de maíz para los agricultores de la zona y llegaría para el sepelio, la madre no tenía valor para pasar ese trago amargo. El detective no quiso hablar con ellos, comisionó a Gris para que les tomara sus generales y consiguiera una cita con los padres, se llevó a Laura Frías al café Miró, lo prefería a su estrecha oficina en la Jefatura.

¿Por qué a ella? Tanta tristeza debía tener una razón.

Cuatro

Paola bebía cerveza de una lata y divisaba por la ventana su viejo barrio. Ojos secos, opacos. Inexpresivos. Había invertido las fotos y los cuadros de su habitación. En el tocador la de sus padres en su veinticinco aniversario esperaba junto a dos latas de cerveza vacías. Librero lleno. Eran las 8:10 y en la casa todo era calma. Nadie se hallaba cerca o en movimiento. Nadie eran su hermana Beatriz, su hermano Dante y sus padres.

Pensaba que para morir cualquier día era igual, ¿quién quiere vivir para siempre? Se había acostado con un tanatólogo que siempre decía eso. Las cosas de la vida y las de la muerte son las mismas, sólo que unas suceden a las siete y las otras a las siete y media.

¿Temor? Tantas veces lo anunció que ni siquiera se sentía perturbada. Cumpliría y no tendría que responder preguntas o soportar los muros negros de los próximos días.

El cielo gris era el adecuado.

El vecindario siempre le había parecido horrible y sin personalidad, pésimas las calles angostas y en declive. Desde su ventana en el segundo piso vio salir a un joven en bicicleta y rodar calle abajo. Por un instante lo vio en sus brazos y se vio en sus besos pero lo borró de inmediato. Nadie le gustaba del barrio y menos ese chico que a fuerza de cerveza y zalamería pretendía acaparar su corazón y su encanto. Idiota, nada significa nada.

Qué diferencia. Los besos de Bruno eran suaves, sin saliva escurriendo, sin monotonía. Lo conoció cuando la Universidad Autónoma de Sinaloa otorgó el doctorado *honoris causa* a Carlos Fuentes. Ambos hacían fila para la firma de libros e intercambiaron opiniones. Ella llevaba cuatro y él todos. Cuando el escritor había firmado y charlado con ambos se fueron a tomar un jugo porque él no bebía. Fue cuando se besaron por primera vez y él manifestó que era de los que no se casaban. También ésa fue su primera noche juntos.

La habitación era espaciosa. Beige. Junto a la ventana una computadora negra en una mesa llena de libros y cuadernos de notas. El bolso también se encontraba en el tocador al lado de tres botes de cerveza llenos, entre frascos de perfume y un oso de peluche bastante manoseado. Se acercó, el espejo la presentó despeinada y segura. Abrió el bolso y alcanzó la pistola. ¿Mensaje final? Tuvo un mínimo impulso al ver la pintura de labios pero se controló. ¿Para qué? Colocó la foto de sus padres bocabajo. Prendió la tele sintonizada en el Canal 22 que transmitía una mesa redonda sobre arte contemporáneo, se acostó en su cama y se dio un tiro en la sien derecha.

En la calle, el joven de la bici, que había regresado, observó la ventana de Paola sin comprender, hizo el intento de acercarse a la casa pero desistió, dejó pasar unos segundos, gesticuló, giró en redondo y entró en su domicilio.

¿Vieron *The Good, the Bad and the Ugly*? El joven recordó la música.

Cinco

Laura Frías volvió del tocador ligeramente maquilla-da: labios rojos, rostro afable. La tristeza desolaba sus ojos negros y el doblez de su voz. Delgada. Vestía pantalón azul claro y blusa blanca. A Mendieta le agradó, una mujer que piensa en su aspecto es una mujer cuando menos soñadora. Pelo castaño al cuello y cierta picardía en la boca. Comie-ron, ella ensalada César con aderezo extra, él una baguete Selva Negra, jugo de naranja y café. Le contó que vivía sola, que había estudiado psicología y que amaba la vida senci-lla. En 1900 hubiera vivido feliz trabajando de enfermera, vistiendo esos atuendos al tobillo y comiendo verduras sin fertilizantes. Porfirio Díaz, de quien seguro serías amante, hubiera impedido este desayuno. Tampoco estuviera su-friendo lo de Bruno, se volvió al molino de café a unos pa-sos de la mesa, aunque no me gusta ese brebaje me gusta su olor. ¿De verdad los unía sólo amistad? Aunque le pa-rezca extraño, ¿por qué los hombres siempre piensan que hay otra cosa? ¿Las mujeres no? Depende. ¿Dónde tenía su despacho? En el Seguro Social, como le dijimos era asesor jurídico. ¿Sabes si ayer trabajó? Siempre trabajaba, termina-ba la semana hecho polvo. ¿Tenía asistente? Mónica Alfaro, una abogada. Mendieta le marcó a Angelita, su secretaria, para que averiguara a qué horas Canizales había abandona-do sus oficinas el día anterior. Para ti, ¿quién lo mató?

Fue un gran, pero gran amigo, su vida era azarosa pero no para que lo acabaran así, le rodaron dos lágrimas, volvió a mirar el molino, de verdad era amable, servicial, bondadoso; algunas veces le pedí que se ordenara, que de tantos excesos no debía resultar nada bueno y menos para él que era un ejemplo en la PFU y en su familia; sólo sonreía, creo que en el fondo detestaba la vida ecuánime y prefería las emociones fuertes, todo eso que resultaba avasallador y que lo mantenía en vilo. Como seis meses tuvo una novia, una muchacha hermosa pero muy conflictiva, con tendencias suicidas; se llama Paola Rodríguez, dos veces la escuché amenazarlo de muerte y que luego se quitaría la vida si algún día la abandonaba. Muy exigente. Cuando la dejó fue un drama, le caía a las tres de la mañana en su casa, se le aparecía en las fiestas, en el despacho, en el cine; no lo dejaba en paz. Un día que estábamos en La Chuparrosa Enamorada lo amenazó con desnudarse allí si no la acompañaba a no me acuerdo dónde. Así anduvo la pobre hasta que se calmó; creo que de vez en cuando lo abordaba, pero se puede decir que lo había dejado tranquilo. También se involucró con Samantha Valdés, viuda de un narco al que mataron en Nogales, usted debe saberlo, creo que era de los Camargo; al principio se veía contento, como le digo, le gustaba la vida exaltada, así, vivir en el paroxismo, pero después, cuando el padre de ella le mandó sus guaruras para que lo amenazaran, intentó poner tierra de por medio; hasta donde sé no lo consiguió, la muchacha tiene su carácter, es madre de un niño de siete años que lo adoraba; un día me contó que uno de los guardaespaldas le puso un cuerno de chivo en la cabeza, que le explicó que nada tenía que ver, que hablaran con ella para que no lo buscara, pero el tipo le especificó que si seguía viéndola se lo iba a cargar la chimuela; Samantha es bisexual, tiempo después llegó una mujer a su casa e igualmente lo amenazó, que si se enteraba de que molestaba a su chica iba a saber quién era ella, se llama Mariana Kelly; se hallaba asustado, creo que le enseñó una pistola; también él era bisexual, por temporadas se sentía muy enamorado de Frank Aldana, un bailarín estupendo con el que mantenía relaciones, sin embargo, siempre volvía con las mujeres y Frank se trastornaba, lloraba, amenazaba, pobre, le reclamaba su indefinición y lo que lo hacía sufrir. Como ve, llevaba una vida muy dinámica.

¿Quién lo nominó para profesionista del año? El Colegio de Abogados al que pertenece. ¿Cuánto tiempo estuvo en el Consejo Ciudadano de Seguridad? Poco, unos tres meses, tuvo desavenencias con alguien y mejor lo abandonó, en eso era un idealista, creía que podía acabar con la violencia. ¿Con quién fueron los desacuerdos? Nunca supe. Pidió otro jugo.

El Miró se encontraba atestado de señoras conversando en voz alta.

¿Samantha es hija de Marcelo Valdés? Ni más ni menos; lo vi una vez en Los Arcos, festejábamos mi cumpleaños cuando entró con dos señores, se sentaron en una esquina apaciblemente y los guaruras enseguida, creímos que cerrarían el restaurante y pagarían todas las cuentas como dicen que lo hacen, pero no, todo fue muy normal, comieron y se fueron sin aspavientos. ¿Quién crees que mató a Bruno? ¿Que no es usted el que debería inferir eso? No tengo capacidad para saberlo, usted sí que la tiene; ocurre que si fue en su recámara, sin zapatos pero vestido, y con ese orden, pudo haber sido alguien de su confianza. Pues dígamelo usted, quién de todos los que le he mencionado le gusta. ¿Y si tenía nuevos amigos? No los conocí. Exactamente qué hace Ripalda. Lo que dijo: dar cursos de meditación. ¿Por qué se hospedaba con Canizales? Por economía, la PFU no es una organización con grandes recursos, su rostro era franco y hablaba con confianza. ¿Y Figueroa? Sólo administra la PFU, es buen maestro de yoga. Pásame el teléfono de tus sospechosos. No los tengo, pero en la agenda de Bruno deben estar, búsquela en su portafolios, generalmente lo dejaba en el carro, varias veces se la llevé. ¿Te quedabas en su casa? Muchas veces, oiga, ¿a qué hora van a entregar el cuerpo?, el hermano y el abogado de la familia vinieron por él y como vio no viven aquí. ¿Los conoces? Varias veces acompañé a Bruno a casa de sus padres, una mansión en medio de una huerta. ¿Se llevaban bien con tu amigo? El padre era un tanto intransigente, pero la madre lo adoraba; con el hermano no tenía problemas.

Le marcó a Gris: Busca en la agenda o en el celular de Canizales los teléfonos de las siguientes personas, le pasó la lista. Jefe, el doctor Montaño ya se puso de acuerdo con el abogado de la familia, está por entregarles el cuerpo, hace rato que llegaron los de la funeraria, los peritos también se retiraron. ¿Abrieron el carro? No sé. Está bien, nos vemos al rato, cortó; ¿en qué era ejemplo Bruno para la familia? Sólo tiene un hermano que seguía sus pasos, también es abogado. ¿Trabajaban juntos? No, Joaquín se ocupa de los asuntos de la familia. Que tiene su abogado. El licenciado Beltrán, alguien a quien Bruno detestaba: simplemente decía que era un gandalla; ¿me puedo ir? ¿Dónde trabajas? Soy masajista. ¿De verdad? No se emocione, comandante, soy de las que no se desnudan, laboro con citas y debo cancelar las de hoy para ocuparme en lo de Bruno, mi gabinete está en el centro, por la Buelna. Te llevo, era una mujer que sonreía con los ojos.

Fue de nuevo al tocador y él registró en la Palm: bisexual, personalidad espacial, Aldan, S Vald, Mariana K, Paola Rod, Queteco V. Sonó la fanfarria de la caballería en su celular. Era Gris: Tome nota, jefe, ah, y en cuanto a los vecinos, tres son agricultores y salieron temprano, los otros no escucharon ni vieron nada, en general tienen buena opinión de Canizales, a más de uno lo aconsejó en asuntos legales.

Antes de que Laura regresara, Beatriz Rodríguez le informó que su hermana se había suicidado. ¿Cuándo? Esta mañana, como a las ocho.

Seis

Samantha llegó temprano a la casa de sus padres, una fortaleza ubicada en Colinas de San Miguel en medio de un jardín florido. Los encontró ante un desayuno austero. Apenas lo puedo creer, los besó en la frente. ¿Y mi rey? Vengo de dejarlo en la escuela, ¿qué pasó, por qué ese cambio?, señaló la piña picada y los nopales cocidos con un gesto. Nada, que ayer fuimos con el doctor Elenes y lo puso a dieta. Pero si no estás gordo. Estoy en el límite de la diabetes y el sobrepeso me está afectando la rodilla derecha, tomó una manzana del frutero y la mordió. Espero que aguantes sin tus chicharrones y tus mariscos. También le salió alto el colesterol. No es tan grave. Pero te vas a cuidar, lo prometiste; hija, ¿quieres desayunar? Sólo que yo no estoy enferma. Le diré a Genoveva que te haga algo rico. Tengo antojo de chorizo con huevo. Marcelo Valdés y su primogénita quedaron solos, el desayunador era pequeño, con un cucú y dos aparadores llenos de cubiertos de plata y adornos diversos. Vine a avisarte que mataron a Bruno Canizales, por la ventana se observaban dos guardias que conversaban relajados, sentados en un tronco en el extenso jardín. ¿Fuimos nosotros? El Tany Contreras hizo el viaje desde Nogales y, como tú bien dices, no sabe fallar, el viejo movió la cabeza desaprobando. Era necesario, papá, me tenía hasta la madre, además tú lo intimidaste varias veces, ¿ya no te acuerdas? Cuando hables conmigo hazlo con propiedad, no se te olvide que me debes respeto y que ésta es una casa honorable, era blanco y se puso rojo; gastar pólvora en infiernitos es imprudente y estúpido, que sea la última vez que dispones de alguien sin mi consentimiento y compórtate como una mujer decente, no creas que me gusta esa vida que llevas, su mirada era oscura, y si tuve algún trato con él fue por protegerte, no olvides que mantengo una buena relación con su padre. Entró Minerva: Mijo, qué te pasa, ay Dios santo, creo que se le subió el azúcar otra vez, acuérdate de que no te debes alterar, ¿le dijiste algo? Nada. Pues tendré que llevarlo a Tucson porque esto no es normal, lo obligó a tomar agua, ahora mismo llamaré al doctor. Tranquila, voy a salir al patio a que me dé el aire y me voy a reponer, deja al doctor en paz, nadie se muere en la víspera, se puso de pie, vestía camisa blanca y pantalón caqui. No digas tonterías, ¿no vas a acompañar a Samantha a desayunar? Quédate con ella, voy afuera. Caminó despacio, debía medir uno setenta y pesar noventa kilos. Salió, caminó rumbo a una pequeña sala, rodeada de fronda, a unos diez metros de la casa. En cuanto lo vieron los sicarios se pusieron de pie. Aunque su jefe últimamente se veía endeble, sabían que con poco hacía temblar medio país y que hasta el estado del tiempo le consultaban.

Adentro Samantha hablaba por el celular. Sonriente, relajada. Facciones suaves, bellas. Suspendió cuando su madre entró con un plato servido y una taza de café.

Siete

Se estacionó frente a la casa del chico de la bici, la acera de los Rodríguez la ocupaban tres autos. La cochera vacía. El chico de la bici se encontraba recargado en uno de los carros y le contó que había escuchado el disparo y se había desconcertado. Aquí todos estábamos enamorados de ella. ¿Era tan linda? Era la ley, la reina de los buenos y de los malos. Y quién era el macizo. No nos pelaba, tenía sus jales en otra parte y con otras gentes, aunque por ahí dicen que el de la voz. ¿Y sí? Qué hubiera dado mi corazón envilecido. ¿No la mataría un enamorado despechado? De aquí no, no somos idiotas, un cuerpo tan perfecto como el de ella bajo tierra no sirve para nada. Órale, se nota tu fidelidad y buen gusto, ¿viste algún advenedizo?, ya ves que nunca faltan. Pocas veces, cuando aparecía alguno le rompíamos su madre y santo remedio. ¿Y el licenciado Canizales? Deje que se asome el güey, más de dos se la tenemos jurada. Ahí te encargo las tripas. A ver si dejan algo los perros.

Buenas tardes. Soy Edgar Mendieta, de la Policía Ministerial del Estado. Sala verde claro, estéreo, fotos de familia, un comedor para diez personas, cocina al fondo. Al lado el despacho del papá con la puerta abierta. La madre, sentada en un sofá, sollozaba, Dante armaba un cubo de Rubik con sorprendente habilidad y Beatriz se miraba las manos. Pase. El cuerpo se lo había llevado la funeraria y allá se encontraba el padre. Fue el señor que llamó hace rato, aclaró Beatriz, una chica de veintiocho años de pelo rubio y rizado, ¿qué se le ofrece?

Fue ella quien lo condujo hasta la habitación del segundo piso en cuya cama, perfectamente tendida, mancha de sangre en la almohada, se había inmolado su hermana. Desde que entró lo golpeó el aroma Carolina Herrera, fragancia que ligeramente percibió en la habitación de Canizales. Anotó en la Palm: «Perf. Car. Herrer tamb en cas Caniz?». ¿Por qué volteó las fotos? Las cervezas se habían calentado, la luz del mediodía se colaba a través de la cortina de gasa. No tengo la menor idea, pensó llamar a Ortega, pero desistió. ¿Y el arma? Esperaba envuelta en una toalla rosa en un clóset con ropa por todas partes y una pila de zapatos y cajas en completo desbarajuste. Se guardó la pistola en el bolsillo derecho de su chamarra, en el izquierdo traía la suya, vio los libros y anotó un par de cosas. Allí dejé la bala, señaló sobre el teclado de la computadora, Mendieta la envolvió con un kleenex y se la guardó. ¿Ponemos las fotos de frente? Beatriz aceptó. Eran litografías de lugares y de obras famosas: *El grito, La maja desnuda, Las dos Fridas*. Dos con Bruno Canizales, el resto con familiares y amigos. No tuvo problema para reconocer que era una hermosura: rostro fino, boca perfecta, labios ligeramente gruesos, pelirroja, pelo rizado, mirada enigmática. Lástima, estuvo de acuerdo con el chico.

¿Conoce usted a este señor? Cómo no, Bruno Canizales, mi hermana estaba loca por él, si me preguntaran por qué hizo lo que hizo diría que por él; fueron novios un tiempo, pero él era un poco extraño, algunos días no podías creer su buena vibra, conversaba, se interesaba por tus asuntos, te orientaba, y otros, todo lo contrario: un tipo hermético e introvertido; mi papá siempre le tuvo desconfianza, cuando eran novios nos visitaba dos veces por semana; ella desde niña fue muy rara, cada que necesitaba chantajear a mi papá le decía que se iba a suicidar, le gustaba acaparar, ser el centro de atención; cuando crecimos se convirtió en una mujer triste, imprevisible, irascible; no entiendo, porque lo tenía todo: belleza, inteligencia, amigos, todo el dinero que necesitara; también sabía ser buena hermana, aunque por lo general era un misterio; después de Bruno no le conocimos a nadie; la verdad es que le sobraban pretendientes, hasta un narco de Badiraguato le trajo música una vez, pero ella se había clavado con Canizales y de allí nadie la movió. ¿Era muy apasionada? Obsesiva más bien, se aferraba a una idea y no había poder humano que la hiciera cambiar. ¿Con cualquier asunto? Era su manera de interaccionar con los demás. ¿Qué le gustaba ver en la tele? Conciertos, entrevistas, cosas aburridas que dizque le gustan a la gente culta, el Canal 22 de la ciudad de México. ¿Con la raza del barrio cómo se llevaba? Algunos estaban volados con ella, pero no creo que se haya fijado en nadie. ¿Conoces al que le vendió la pistola a ella? No, la pistola es de mi papá, en algún momento debe habérsela tomado. ¿Trabajaba? No, mi papá nos da todo. Ayer ¿hizo algo diferente? Siguió su rutina, estuvo todo el día aquí escuchando música y leyendo, yo me fui a las seis cuarenta y aún estaba en piyama; cuando regresé, como a las once y media, la vi vestida, cenando pan con leche, como que iba llegando y ya no supe más, hasta en la mañana cuando escuché el disparo. ¿No te diste cuenta si salió después de esa hora? No, cuando menos no la sentí, después de que terminó con Bruno bebía con frecuencia, no se emborrachaba, pero sí tomaba seguido. ¿Dónde compraba la cerveza? En el Oxxo o donde se le antojaba. Mendieta vio una bolsa de plástico sin marca en el piso, a un lado del tocador. Me voy a llevar esto. Adelante. Entonces tú crees que lo hizo por Canizales. No sé, pasa que un día le dijo delante de mí: Si me abandonas me mato. También me voy a llevar los botes vacíos, con un kleenex los echó en la bolsa sin marca.

¿Qué pensarías si supieras que Bruno Canizales amaneció muerto? Se observaron: ella era hermosa también, ojos de miel y un lunar en la mejilla; él un policía normal de cuarenta y tres años que siempre vestía de negro, con tres días sin afeitarse e incapaz de enamorarse. ¿Es cierto eso? Afirmó. Me he enterado de que ella lo amenazó diciendo que si la dejaba lo mataría y después se quitaría la vida. Sí creo que lo haya chantajeado así, como le comenté, la escuché una vez, lo que no sé es si se atreviera a cumplirlo, digo, la primera parte; tenía días estupendos en que era desprendida y jovial, una persona que te alegraba la vida con sólo pasar a tu lado, mi padre la adoraba, mi madre le tenía envidia, nosotros no sabíamos qué sentir por ella, sobre todo en los últimos meses, en que era difícil interpretar su corazón. ¿Qué haces? Soy actriz, aunque no lo parezca, y ahora estamos en temporada, por eso llegué ayer a esa hora.

Fanfarria de la caballería. Era Guillermo Ortega, el jefe de Servicios Periciales y Criminalística. Mendieta. Qué haces, vaquetón, de seguro rascándote los huevos como siempre. Qué rollo, qué encontraste. Cómo que qué encontré, pues al culpable, yo siempre encuentro al culpable, no se te olvide; oye, mi gente localizó el casquillo y el proyectil y no me lo vas a creer, Canizales fue asesinado con una 9 milímetros, Smith & Wesson y la bala es de plata. ¿Cómo la ves? A lo mejor era vampiro el güey. ¿Dónde hallaron la bala? Entre las sábanas, está ligeramente achatada, hay una leve marca en la pared donde rebotó antes de caer en la cama. Lo mataron de pie. Es lo más seguro, después lo acomodaron para que le tomaras la foto. ¿Qué hay de los zapatos? Uno de ellos fino, el otro es chino disfrazado de italiano, los venden hasta en el mercadito Izábal, muy usados. ¿Y las huellas? Estamos en eso, como bien sabes no hicimos el registro completo, sin embargo, todo parece indicar que se trata de Jack el Destripador. Lo que temía, ¿has visto el celular? Necesito las llamadas de cuando menos una semana. ¿Eres pendejo o qué?, ¿crees que somos máquinas? De acuerdo, luego te busco, cortó, le constaba que si cualquier asunto no avanzaba rápido se abandonaba y éste le estaba gustando.

Perdón, el perito no puede vivir sin mí, del bolso de Paola sacó un celular con una cadenita, checaremos sus llamadas y se lo devolveremos, ¿de acuerdo? Quédese con él, no creo que aquí alguien lo quiera usar. ¿Cuál es el carro de Paola? El Ford gris, ¿quiere verlo? Me gustaría. Colocó la bolsa sin marca en el Jetta. Estaba abierto, el chico de la bici observaba desde la puerta de su casa. Beatriz le sonrió. Tanque a punto de vacío, servilletas y kleenex sucios, propaganda, un libro de cuentos de Eduardo Antonio Parra, tres pares de zapatos, un paraguas, un Post-it con los *blogs* de Cristina Rivera Garza y de Rafa Saavedra. El tapete del copiloto mostraba un poco de lodo fresco. Podrían ser huellas de la última persona que la vio viva y aún lloviznaba, ¿a qué hora empezó a lloviznar? Recordó que había visto el cielo nublado cuando dejó el consultorio del doctor Parra. En la guantera nada interesante. ¿Es necesario todo eso?, preguntó Beatriz. No, es rutina, anotó algo en la Palm, ocurre que de alguna manera estaba ligada a Canizales, los dos mueren y debemos hacer ciertas consideraciones; ¿Paola vio la obra donde actuaste? No estoy segura, jamás lo mencionó pero me pareció divisarla la noche del estreno.

Volvieron a la casa. Dante ni siquiera había escuchado el disparo y la mamá no paraba de llorar porque cumplía un mes sin dirigirle la palabra a su hija muerta. Mi niña querida, nunca le pude dar a entender que la adoraba. Tienes el sueño pesado, comentó el detective a Dante que seguía con el cubo de Rubik. Llegué en la madrugada. ¿A qué hora? A las cuatro y media, más o menos. ¿Llovía? Lloviznaba. ¿Viste luz en su habitación? No me fijé, pero su carro estaba afuera y generalmente lo meto en la cochera; el cristal se hallaba goteado, lo que indica que la probabilidad de que le hubiera pasado el limpiaparabrisas es baja. Es razonable. Más que razonable es probable, y resulta probable también que haya salido y que lo iba a volver a hacer. Mendieta hizo un gesto de aprobación, él continuó con el cubo. ¿Qué estudias? Matemáticas.

Cuando abordaba el Jetta se le acercó el chico de la bici: Lléveme preso, poli, porque voy a matar al culpable. Fue suicidio. Pero fue por un tarado que la embaucó, ese güey no amanece, ya dije. ¿Quién es? El abogado del diablo. Ah, ya se te adelantaron, amaneció con un agujero en la frente. No me diga. No preguntes, ¿y tú qué pitos tocas? Nomás, soy el chaca del club de enamorados de la reina y el hijo de mi madre. Pues caminaron, morros, los dejaron abanicando la brisa.

Le marcó a Gris Toledo: ¿Cómo te fue con Alfaro? Bien, dijo que Canizales no tenía problemas ni con sus jefes ni con el sindicato, que era un abogado eficaz que llevaba todo en orden; estaban sorprendidos de su muerte. Ni hablar, ahora investiga a qué hora empezó la llovizna en el Sector Oriente. ¿Dónde es eso? Por el parque Ernesto Millán. Lo estoy mirando, poli, es acá, de los pesados, que imponen. ¿Qué me quieres decir? Sólo eso y que deploro que me hayan ganado el jalón. No te metas en broncas de las que luego no puedas salir. Me importa un bledo un comino un carajo, como decía..., movió la cabeza rumbo a la casa de Paola.

Abordó el carro y se largó. *There is a house in New Orleans,* cantaba el maestro Hermann.

Tomó el bulevar Zapata hasta la funeraria San Chelín.

Abelardo Rodríguez, el padre, aceptó charlar con el detective allí mismo. Se instalaron en unos sillones blancos. No tiene idea de cómo va a afectar esto a nuestras vidas, ella era nuestro sol, nuestra brújula. Fumaba cigarrillos. Sacó una cantimplora plana y sirvió whisky en dos vasos de plástico. No sólo era hermosa, poseía una inteligencia superior, jamás le dio por explotar su belleza, ser reina o algo, jamás, ni en la escuela, era una chica muy centrada, demasiado inquieta, tenía todo por delante, no me alcanza la cabeza para entender por qué lo hizo. ¿Cómo es que ella tenía su pistola? Le mostró la Beretta. Es algo que no me dejo de preguntar, ¿cuándo tomó mi hija el arma que no me di cuenta?, no sé, y no sabe cómo me duele. ¿Tiene todo en regla? Por ahí debo tener un permiso que se vence el próximo mes. Si no es molestia, me gustaría verlo en tres días. De ninguna manera, paso por la Jefatura y se lo dejo. Mendieta le contó la muerte de Canizales. No me diga, era tan simpático que creí que sería eterno, aparte muy buen abogado, tengo el gusto de conocer a su padre, el ingeniero Hildegardo Canizales, una estupenda persona; me gustaba para mi hija, pero Dios no quiso que se entendieran, y ahora con esto, bien dicen que las desgracias nunca vienen solas. Señor Rodríguez, necesito que mis expertos hagan un par de cosas, no le vamos a causar molestias, llevaré la pistola para que la vean los técnicos y el forense verá el cuerpo de su hija. Está bien, sólo le pido un favor, nada de sacrilegios, no quiero que le esculquen sus partes. Cuente con ello. Se hizo un silencio que Rodríguez rompió, se sirvió de nuevo, el detective no había probado su copa. Pues mire, cualquier cosa que nosotros podamos hacer por usted, no dude en buscarme, qué caray, después de todo el tipo casi fue mi yerno. ¿En qué obra actúa su hija Beatriz? Un bodrio, oiga, ni siquiera sé cómo se llama, acabó su trago y se sirvió de nuevo, lo único que puedo decir es que sale de indecente, algo que Paola nunca hubiera hecho.

El detective apuró el suyo y fue al baño. Marcó en su celular: Montaño, ven ahora mismo a la San Chelín, están preparando el cadáver de una de las sospechosas y quiero ver si tiene semen. No seas inoportuno, voy rumbo al paraíso con una lindísima persona, la mujer más bella y más sexy que he visto en mi vida. ¿Estás en la semana del doblete? Algo así. Déjalo para el rato, me urge, antes de que los de la funeraria den cuenta de ella; entras por la puerta de servicio. Luego pidió a Ortega que enviara a un técnico para que buscara pólvora en sus manos.

Después, sin que Rodríguez lo advirtiera, ingresó en la sala de embalsamamiento, donde lo conocían. ¿Cómo se están portando, pelafustanes? De maravilla, se detuvo en el rostro de Paola, era tan hermosa que ni la palidez post mórtem la afectaba. ¿Qué se te perdió, comandante? Esta morra se suicidó, antes de que la abran quiero que la vea Montaño, necesito saber algunas cosas. Uta, a ese loco hay que vigilarlo, sonrieron con sorna. Ustedes se encargan, para eso es su territorio.

Caballería. Angelita le notificó que el licenciado Canizales había trabajado en el Seguro Social el jueves de ocho de la mañana a seis de la tarde sin salir a comer. ¿Estaría elaborando algo contra el sindicato? Ésos también se animan a borrar gente del mapa.

Regresó con el padre, que de inmediato le ofreció otro trago. Mendieta pudo ver el aura de tristeza en los humos del alcohol y del cigarro. Se dedicaba a la construcción, por eso tenía armas. Ahora todo está en crisis, por ejemplo, no pude pagarle a mi hija un posgrado en España, si hubiera tenido tal vez no habría pasado esto; probablemente hubiera resistido el abandono de Canizales; nunca entendí a ese hombre, mira que atreverse a dejar una hembra de este calibre. Hay más gente tonta de lo que creemos, señor Rodríguez. Tenía cincuenta y dos años y en su juventud se había probado como volante con las chivas del Guadalajara; no obstante, extrañaba demasiado a su familia y a los tres meses renunció. Su oficina se situaba en el campo Diez, adelante del Piggyback.

Treinta y ocho minutos después llamó Montaño de la sala adjunta. Dio positivo, mi Zurdo, me llevaré una muestra y tendré el registro por si se ofrece; también encontramos pólvora en su mano derecha; oye pero qué perfección de mujer, eh, me he preguntado por dónde se movía que no la conocí. Gracias, doctor, nos vemos; señor Rodríguez, el forense ha terminado, me tengo que marchar, los técnicos analizarán la pistola y cuando me lleve el permiso se la devuelvo. Mendieta prefería el tequila pero no tuvo empacho en volver a decir salud. Era una manera de estar con un padre atribulado. ¿Qué opina de las Smith & Wesson, señor Rodríguez? Muy buenas, pero yo le soy fiel al sargento Pietro Beretta. Se despidieron.

En una carreta de mariscos comió ceviche de pescado, camarón con pulpo y agua de tamarindo, antes de ir a la Jefatura.

Ocho

Gringo, tú trabajas para mí, no tienes ningún negocio cumpliéndole caprichos a mi hija, que sea la última vez que eliminas a alguien sin mi consentimiento, y con mayor razón si no tiene que ver con el negocio; si te pedí un par de veces que lo amedrentaras eso no significa nada y lo deberías comprender; mi relación con su padre es buena y me va a doler si se entera que uno de mis hombres estuvo detrás del asesinato de su hijo. Se hallaban en una oficina pequeña y mal ventilada ubicada detrás de la residencia, la llenaba un pequeño escritorio, un par de sillas, un frigobar y una caja fuerte que pocas veces contenía dinero. Marcelo Valdés ponía las cosas en su sitio. Don Marcelo. Cállate, le lanzó un pisapapeles que le atinó en el pecho, aquí el que manda soy yo, el que habla soy yo, el que da las órdenes soy yo; sé que trajiste al Tany Contreras para el trabajo, regrésalo a Nogales y que no se mueva de allí hasta que yo lo ordene, ¿qué estupidez es ésa de las balas de plata?, el muchacho era vampiro o qué, digo, porque su familia es intachable. No sabía que... Que te calles te estoy diciendo, le aventó una estatuilla. Por cierto no le hemos pagado al Tany. Eso lo arreglan ustedes, no pienso soltarles un peso. Ernesto Ponce: cuarenta y dos años, alto, fuerte, de tez blanca y ojos azules; lucía una esclava de oro en cada brazo, una gruesa cadena y cuatro anillos de diamante, vestía una camisa azul de seda y un Levi's clásico, botas de piel de avestruz. Cambia a los guaruras, esta mañana los vi muy tranquilos descansando en un tronco mientras quién sabe lo que estaría pasando afuera, no me sirven, necesito gente con ojo de águila y cuerpo de tiburón. Tocaron. ¿Quién? Mijo, te llaman de México, hace señas al Gringo de que abra la puerta y se esfume, la señora le pasa un inalámbrico. ¿Bueno? Escucha por unos instantes. Dígale al señor secretario que no invertiré en eso, no me interesa la industria refresquera, y que si sigue acosándome sacaré mi dinero del país, me lo llevaré a Costa Rica o a donde sea, a ver quién pierde más, buenas noches, cortó; ese idiota, ¿qué le pasa?, le dan un puesto y se cree el que la Virgen le habla, tengo años untándole la mano y se me quiere imponer; lo que es me lo debe y no tiene la menor idea de cómo se gana el dinero. Mijo, no hagas coraje, acuérdate de lo que dijo el doctor, hubo un breve silencio. Quisiera desaparecer, largarme a donde nadie me conozca, ¿qué pretenden, quieren verme muerto?, pues se van a chingar. Mantén la calma, viejo, mañana iré a rezarle a Malverde y a llevarle nuestro donativo, pero estate tranquilo, ¿quieres cenar de una vez? Cerró los ojos. Se me antoja un bistec con un buen guacamole y una cerveza fría, se recargó en su sillón. Te hace daño, mijo, espera a que te alivies y te lo preparo como te gusta; por cierto, estuvieron dos señoras de El Potrero de los Rivas. ¿Sí? Un pueblo cercano a la tierra de mi madre. ¿Qué querían? Si les puedes meter la luz eléctrica y si los apoyamos para restaurar la iglesia que se está cayendo. Encárgate, que de una vez les pongan alumbrado público y remocen la escuela. Eres un santo, mijo. Mmm.

Nueve

Caballería. Circulaba por el bulevar Zapata rumbo a su oficina escuchando un adelanto del periodista Quiroz: «Esta mañana apareció asesinado en su casa, en la colonia Guadalupe de esta ciudad, el abogado Bruno Canizales, candidato a profesionista del año e hijo mayor del ingeniero Hildegardo Canizales, ex secretario de Agricultura en el sexenio de Alonso Trujillo; presentaba un balazo en la cabeza y se encontró un casquillo percutido de 9 milímetros; la Policía, según trascendió en esta redacción, sigue muy de cerca dos pistas que seguramente la conducirán a los asesinos; para *Vigilantes nocturnos*, Daniel Quiroz, reportero». Mendieta, respondió. Qué deleite oír tu voz, carnal. ¿Quién habla? Cómo que quién habla, creí que ibas a brincar de gusto. Estoy en Cinépolis, en una intensa balacera, llámame en tres horas. No te miento la madre porque tenemos la misma. ¿Enrique? No he sabido que tengas otro hermano, cabrón, apenas que nuestra madre haya resucitado y nuestro padre aparecido después de cuarenta años, ¿es cierto lo de la balacera?, porque no oigo ni madres. El viejo truco. Oye, qué buena puntada, ¿cómo estás? En la gloria, ¿y tú? Igual que siempre, hasta el gorro de trabajo pero bien, su hermano se había largado después de la muerte de su amante y tenía doce años viviendo en Óregon, ¿cómo están las culichis? Bien buenas, ya sabes, son nuestro orgullo y nuestra perdición. No te imaginas lo que pienso en ellas. Pues vente, qué haces allá, ¿recuerdas al hijo de doña Librada, aquel loco que era tu acople? Cómo no lo voy a recordar, mi compa Teo. Pues mandó todo al carajo en el otro lado, compró un tráiler y anda recorriendo el país; lleva carga de Tijuana a Veracruz, de Culiacán a Laredo y así. Pues un día de éstos sigo su ejemplo, ¿cómo está la Col Pop? Mejor que nunca. ¿Todavía consigues mariguana en la esquinita? Todavía. Bueno, sólo llamé para ver cómo estabas, ya que tú eres incapaz. Te lo agradezco, de veras. ¿Y de amores, carnal? Luego te cuento. Eso quiere decir que estás frío; no te claves, aprovecha que el amor es renovable, un clavo saca tachuela. Estoy bien, ya verás cuando te cuente, ¿tú crees que las culichis permitirían que alguien como yo esté mucho tiempo solo? No, pues sí, deben estarse desgreñando por tus huesos. Más o menos. ¿Y la güera? Después, ya te dije, ¿e Isabel? Estamos bien, un poco gorditos pero nada más; okey, carnal, saludos a la raza y cuídate.

El cubículo de Briseño tenía su nombre impreso en una tira de acrílico pegada en la puerta. Entró. Gordo de treinta y seis años tomaba café y fumaba cigarros sin filtro. Sus relaciones más que su inteligencia o hazañas lo habían ubicado en el puesto. El detective se sentó y esperó a que terminara de hablar por teléfono con su mujer a quien pasaba una receta de pescado empapelado que había encontrado en internet. Fotos y reconocimientos en las paredes. Escritorio lleno de documentos y la computadora encendida. No, mi amor, mostaza no, hazlo como te dije, exclamó y colgó.

50

¿Qué hay, Mendieta, cómo vas con lo de Bruno Canizales? Estamos interrogando a los involucrados, con tan buena suerte que Paola Rodríguez, la principal sospechosa, se suicidó. No olvides de quién es hijo, es tu oportunidad. ¿Oportunidad, de qué? ¿No quieres un ascenso? No. ¿Y este pergamino?, aventó un sobre café ligeramente abultado sobre el escritorio. Éste sí, sonrieron, el detective se lo guardó en el pantalón. Le informó con ligereza sobre los acontecimientos del día. ¿Cuál es tu teoría? Hasta ahora ninguna, por el orden en el espacio no parece crimen pasional. Me inclino porque sea venganza, repuso el jefe; ponle cuidado a esa armonía, puede ser encubridora, un elemento para inducirnos por la ruta equivocada; su padre anda sonando para la grande y eso acarrea enemigos, la bala de plata puede ser un indicador del nivel social del asesino. Lo tengo presente, lástima que no pudimos ver con detenimiento la escena del crimen, acuérdese de que nos ordenó abandonar el lugar. Zurdo, no seas retórico, estoy seguro de que viste lo suficiente; además de Rodríguez, ¿quiénes aparecieron? Le notificó. No cabe duda de que tienes suerte, detestas a los narcos y el más pesado se te pone de pechito; no tengas contemplaciones, busca a Marcelo Valdés y a su hija, si están fuera viaja a donde sea necesario, sonó el celular de Briseño, que identificó el número de su casa. ¿Cómo se ve?; perfecto, ahora mantenlo a fuego lento por cuarenta y cuatro minutos, el detective se puso de pie, Mendieta, recalcó tapando la bocina, es tu oportunidad, no la desperdicies, y continuó la discusión con su esposa, no, mi amor, la sopa de elote no se hace así, ¿qué clase de madre tuviste?

Llamó a Gris Toledo a su pequeña oficina. En la pared descarapelada colgaban tres diplomas que Angelita limpiaba sin devoción y un calendario de la Coppel del año anterior. La puso al tanto de su charla con Laura Frías, del suicidio de Paola y de la bala de plata. Nunca había escuchado que mataran a alguien con una bala de plata. ¿Nunca viste películas de vampiros? No. Pues deberías verlas, le dio el celular de Paola Rodríguez, investiga a quién llamó el día anterior a su muerte y si Ortega no se apura hay que recuperar el de Canizales, tal vez conserve el registro de los números marcados y las llamadas recibidas; localiza a Frank Aldana, también es necesario entrevistar a Samantha Valdés, a Mariana Kelly y a Marcelo Valdés, guardaron silencio, del pasillo llegaban voces. Están en todas partes, ¿verdad? Mendieta asintió: Y te toca interrogarlos. ¿A mí, por qué? Es una orden y las órdenes no se discuten, detective Toledo, consiga que la reciban mañana porque ahora deben estar celebrando algo, siempre celebran. Me está dejando lo peor, ¿irá al entierro de Canizales? Ordenaron que no.

Luego le marcó al doctor Parra. ¿Alguna novedad? Ninguna, sólo darle las gracias. Es grato escuchar eso. Se me vino el trabajo encima y anoche dormí más o menos. Nomás no te emborraches más de la cuenta porque te cruzas. ¿Y por qué usted toma tanto? El médico soy yo, no te olvides. Está bien, si me descarrilo lo busco. Por lo pronto sigue con el ansiolítico que te prescribí y mantente firme, eres un prisionero de ti mismo y debería ser al revés. Cortaron. Dominó un recuerdo inesperado y en cuanto oscureció decidió volver al lugar de los hechos.

Dos agentes que hacían guardia en una patrulla lo saludaron.

Lo mataron de noche, quiero ver cómo se ve cuando está oscuro. Entró. Vio el *switch* fosforescente de la luz pero no lo accionó. Se quedó en la sala quieto, permitiendo que sus sentidos tomaran control del lugar. Penumbra. Caminó lentamente por el pasillo, oliendo, imaginando, escuchando. Empujó con el pie la puerta del estudio y encendió la luz: Orden. Libros de grueso lomo en un librero. Un escritorio con su silla de respaldo alto. Libros encima. Una computadora nueva empacada en una esquina. Alfombra verde pistache. En esto Laura tiene razón: era un hombre serio, cuando menos es lo que indica esta limpieza. Permaneció de pie unos instantes y volvió sobre sus pasos. El cuarto de los huéspedes olía a guardado. Nada que lo estimulara. La habitación de Canizales estaba abierta. Activó la luz. El aroma. Ese aroma que en la mañana le lamió el cerebro, aunque era leve, transgredió de nuevo sus sentidos. Las sábanas en el sillón. Las husmeó sin tocarlas, hizo un gesto afirmativo. Atrás de la puerta encontró un cesto de basura que contenía un kleenex, lo recogió con la punta de la pistola. Olía igual que las sábanas pero más definido. Sacó una bolsa de plástico del bolsillo de la chamarra y lo guardó. Lo que digo: cada espacio es una palabra grande y muchas pequeñas, olió el cañón del arma, en las pequeñas está la clave. Imaginó al hombre sentado frente a la víctima; vislumbró a Canizales, sorprendido por aquella presencia olorosa que reposaba en el sillón o en la cama. Tal vez veía la tele. ¿Le gustaba el 22? Lo vio de pie pidiendo que no lo matara. Después de asesinarlo lo acomodó. ¿Por qué revolvió las sábanas?, ¿acaso estuvo durmiendo?, ¿y si fueron más de uno?

Apagó la luz.

Experimentó la paz de los vencidos y salió.

En su casa vio la tele hasta la medianoche, se tomó el ansiolítico y durmió intranquilo. Despertó con la efigie del cura Bardominos acosando sus ojos. Puta vida.

Diez

Esa mañana el chico de la bici se hallaba en el entierro de Bruno Canizales. Viajó los treinta y seis kilómetros de Culiacán a Navolato en una camioneta verde que le prestó su cuñado. Su vehículo quedó en el estacionamiento de la empresa donde aquél era administrador. Y allí estaba al lado de Dania Estrada y Laura Frías oyendo los lamentos y observando gestos de desgano. Nadie sabe lo que tiene hasta que lo ve perdido, pensó nomás por pensar. Era delgado, fuerte, vestía Levi's y una playera negra con la efigie de Robbie Williams. El ingeniero Canizales no quiso dirigir la palabra a los acompañantes, en su lugar su hijo agradeció la solidaridad y presencia. El nublado era claro. El chico de la bici escuchó atento. Vio gente encumbrada en la política y en la agricultura junto a los padres circundando la cripta familiar de mármol rosáceo. Un hombre de sombrero le ofreció tequila y bebió directamente de la botella un largo trago. Las muchachas dijeron que no bebían. Los miembros de la PFU vestían de blanco y su aspecto delgado hacía contraste con la gente de campo. Llenaron el lugar de flores para ayudar al alma del difunto a encontrar su nuevo camino. Figueroa y el doctor Ripalda, ubicados cerca del féretro, balbuceaban una plegaria. Figueroa miraba al cielo evitando el cadáver a quien sus familiares veían por última vez.

El intruso comprobó que el odiado Bruno Canizales en efecto se hallaba bien muerto. Caminaste, güey, y estas pendejas lloran porque seguro también te las dejabas caimán. Para mí que lo mató ella, expresó Laura Frías, que indudablemente necesitaba un escape, le doy vueltas y vueltas y no veo otra culpable: Paola cumplió su amenaza. La Policía lo investigará y se hará justicia, la tranquilizaba Dania. No te preocupes, él ya está juzgado de Dios. El chico de la bici supo de qué hablaban, les echó una mirada calificadora y se retiró: ¿Mi reina le dio piso al güey? Viejas estúpidas, hablan porque tienen boca, ya recibirán su castigo por levantar falsos; lo que sigo sin comprender es por qué te sacrificaste por un tipo que tiro por viaje te despreciaba. No te merecía. ¿Por qué?, ¿nunca viste cómo traía a estas morras?

Como decía mi abuelo, las mujeres no nacieron para ser comprendidas por brutos como yo.

Salió del cementerio, cuyo estacionamiento se encontraba atascado de vehículos oficiales y de gente pudiente. Faltaban tres horas para el sepelio de Paola en Culiacán. Le sobraba tiempo para un ceviche en Altata y llegar a la misa en la funeraria. Soy tu viudo más dolido, mi amor, el más afectado; el que no sabe cómo comportarse; quisiera hacer lo que me contaste una vez que viste en una película francesa; ante la muerte de un ser querido un bato le dijo a una morra: ¿qué onda, mija, se hace? Te propongo, como homenaje al que se fue, que nos echemos uno a la monje loco. Pero yo traigo el mundo atravesado, mi reina, de plano no estoy ni para eso.

Once

Mendieta aparcó en la calle y se encaminó a la Jefatura. Del estacionamiento salía el comandante Moisés Pineda en un Lamborghini rojo último modelo; el detective lo identificó, ¿qué hace este idiota aquí?, y le hizo un saludo desganado, el otro bajó el cristal: Cómo estás, Zurdo malhecho, dame a tu hermana y te hago derecho. Para nada le gustó el díctico. Bien, mi capi, qué pasó. Pues aquí estrenando, ¿sabes quién me lo regaló? A Pineda le divertía fastidiarlo. Nadie, lo compraste con tus ahorros, el comandante pescó la ironía y sonrió comprometido: Deberíamos tomarnos unas cervezas y conversar, Zurdo, tenemos muchas cosas en común que convendría explotar, ¿quieres desayunar? Pensó: estás pendejo si crees que voy a dejarme ver contigo, habían ingresado a la Policía al mismo tiempo pero cada quien eligió un territorio. Buena idea, pero tendrá que ser después, ahora estamos muy ocupados en el caso Canizales. Ya dijiste, Briseño no ha llegado, ha de estar cocinando con su vieja, dile que espere mi llamada; por cierto, gracias por el encobijado de ayer, resultó más rentable de lo que esperábamos. Estamos para servirte, mi capi, ya sabes. Se despidieron.

Mendieta caminó hacia el interior, Robles, un joven policía, cubría de momento la recepción. ¿Llegó Ortega? No, señor, la que está es su acople, qué linda, ¿no? ¿Votarías por ella para reina del carnaval de Mazatlán? Hasta recolecto dinero si quiere, sonrieron. El guardia tenía *El Debate* a la vista, leía la sección policiaca, en la primera plana publicaban la foto del encobijado del Piggyback. ¿Lo identificaron? No, pensó que si Pineda sabía de quién se trataba no lo declararía fácilmente, más si le había redituado alguna ganancia.

En el cubículo, Gris Toledo intentaba que Mariana Kelly o Marcelo Valdés le tomaran la llamada. Buenos días, vio el informe del forense sobre el escritorio, ¿algo que no sepamos en lo de Montaño? Nada, salvo que murió alrededor de las 4:30 a causa de la bala de plata y que me invitó a cenar esta noche, Mendieta sonrió; ¿sabe quién va a ir a cenar con él?, su abuela. ¿Tendrá? Es su problema, dígame algo, ¿qué loco usa balas de plata en la actualidad? Los cazadores de vampiros, ¿viste alguna película? Dos, y casi me duermo del aburrimiento; oiga, estas gentes no me quieren tomar la llamada, puso la bolsa con el kleenex sobre el escritorio. ¿Tenemos direcciones? Asintió: ¿Me acompaña? De chafirete, pero antes permíteme hacer una llamada, del cajón del escritorio sacó una agenda desgastada. ¿Y eso? Encontré esta fragancia en casa de Canizales. ¿Volvió? Anoche, aquí está. Marcó: ¿Sí? ¿Sabes qué estoy desayunando?, una docena de huevos de codorniz escalfados con salsa de arándanos, jugo de naranja con nopal y un exprés cortado. Yo una machaca de langosta con pan de centeno untado con salsa de tomate y un capuchino con doble carga, LH era un perfumero que se había hartado de mezclar esencias y que ahora trabajaba de vez en cuando para la Policía de Los Ángeles y para algún amigo mexicano. Se habían conocido en un curso en Tijuana donde LH les enseñó un par de cosas en una charla aburridísima en la sede de la Policía municipal e infinidad de secretos las cuatro noches siguientes en distintos bares de la ciudad. Significa que estás en la gloria. Para qué soy bueno, mi estimado Zurdo. Tengo un kleenex que huele a nirvana, te lo voy a enviar. Al apartado que te di, por favor. Hicieron un par de comentarios y colgaron.

Agente Toledo, cuando usted diga.

Gris abrió un cajón de su escritorio: Jefe, tengo las llamadas de los celulares. ¿Alguna novedad? Creo que sí, ella le llamó ocho veces entre las 2:14 y las 5:47 pero ninguna respondió, aparecen como llamadas perdidas en el otro; él hizo una a Navolato, al número de sus padres a las 10:13 de la noche del jueves y a las 6:05 a Mazatlán, al hotel La Siesta; puesto que murió alrededor de las 4:30 Paola no pudo ser; Frank Aldana está hospedado en La Siesta, guardó silencio. ¿Has visto dormir un tigre encabritado? ¿A qué viene eso? A que tenemos que ir en busca del Queteco Valdés. ¿Y si está fuera del país o en Los Cabos? ¿Eso te dijeron? No, pero es sábado, no creo que esa gente se quede en la ciudad. Ah, ¿a poco crees que trabajan semana inglesa?

Encontraron la mansión de Marcelo Valdés en Colinas de San Miguel. Inmensa, verde claro con puertas de aluminio dorado; ubicada en la falda de un cerro la protegía un muro de cinco metros de altura sobre el que sobresalían dos cúpulas de azulejos violáceos y amarillos. Tocaron. Abrió un mozalbete de intensa mirada, ojos claros, esperó a que los visitantes dijeran algo, Gris Toledo tomó la palabra: Somos de Santiago de los Caballeros, venimos a pedirle un favor a don Marcelo, el joven solicitó instrucciones por un celular, Mendieta localizó una cámara encima de la puerta y se volvió hacia la calle, el muchacho guardó el aparato, tomó un cuerno de chivo de algún lugar y con él a la vista expresó: El patrón no recibe basura. Quedó petrificada. ¿No?, pero si él es el basurón en pleno, manifestó el detective con la cara descompuesta, el guarura subió el rifle decidido, escucharon trotes de botas que se acercaban; pronto tuvieron tres guardias enfrente apuntándoles, Gris lo empujó hacia la calle: Vamos, jefe, no querrá que una bestia de éstas lo agujere. ¿Te vas, Zurdo Mendieta, sin saludar? Se adelantó el Gringo con una sonrisa: Bajen eso, muchachos, estas personas no son de Santiago pero son pacíficas. No quería irme sin felicitarte, tienes un equipo de seguridad espectacular. Cuando se te ofrezca, mi Zurdo, ya sabes; el jefe estaría encantado de recibirte pero no está, si te puedo servir en algo. Poca cosa, Gringo, quería que me recomendara a su proveedor de balas de plata. Se miraron con hervor, el Gringo sonrió con acidez: ¿Vas a embotellar hombres lobo o qué? No, mejoraron el presupuesto en la Jefatura y queremos usarlo con glamur. Se lo preguntaré cuando llegue y te llamaré, ¿tienen el mismo teléfono? Espero que no lo hayas olvidado. Lo que bien se aprende no se olvida. Sé que amenazaron a Bruno Canizales por su relación con Samantha, ¿a qué hora lo mataron? ¿Ya no trabaja Ortega con ustedes? Volvió a sonreír: Él sabría la hora exacta. Estás meando fuera del hoyo, Zurdo, me enteré de que murió en su cama, de un tiro en la cabeza, bien sabes que no es nuestro estilo. Dile a tu jefe que volveremos. Regresa el lunes, por si quieres decírselo tú mismo.

Subieron al Jetta en silencio y se largaron. Al pasar por

la Lomita el detective abrió la boca: Dicen que comer es una terapia, Gris lo contempló extrañada, te invito un agua-chile.

Fueron a la carreta de Roberto a un costado de Difocur, se sentaron en unas sillas de la cervecería Modelo sobre la banqueta, entre humo de camiones y transeúntes apresurados. Frank Aldana está en Mazatlán, deberíamos traerlo, propuso ella, los amores homosexuales son apasionados e impíos. Lo haremos, no quiero pedirles el favor a los mazatlecos, capaz que lo embotellan para todos los días de su vida, tengo un amigo allí que nos ayudará. ¿Ellos lo van a traer? No, querida, tú vas a ir por él. ¿Yo?, jefe, por favor, que sea pronto, el próximo sábado es cumpleaños del Rodo y quiero estar con él, no sea malo. Para ese día estarás de regreso. Lo observó con sus grandes ojos. Por eso me invitó los mariscos, ¿verdad?, para sonsacarme. Cómo crees. ¿No puede ser después del cumpleaños?, el tipo está tomando un curso con el grupo Delfos, telefoneé a la directora, va a estar varios días allá. ¿Acaso quieres que vuelva solo? No he dicho tal cosa, ¿y hay que traerlo o interrogarlo? Ya, no sufras, te acompañaré, salimos el lunes temprano. ¿Por qué me hace eso? ¿Ya viste qué agentes tan quejumbrosos somos? Nada nos gusta. Gris prefirió pedir otra agua de jamaica. ¿Qué pasó con los padres? Nadie responde. Briseño no quiere que los molestemos, así que les haremos una visita esta tarde. ¿Tengo que ir con usted? No. Es que el Rodo quiere ir al cine.

Caballería. Era Laura. ¿Sabe que murió Paola Rodríguez? ¿Sí?, ¿cuándo te enteraste? Acabo de saberlo, estamos en Navolato, saliendo del panteón. ¿Qué te dijeron? Que se suicidó. Ah. Oiga, para mí que fue ella la que mató a Bruno, lo hizo para cumplir su venganza; dicen que la están velando en la San Chelín, por el Zapata, por si quiere darse una vuelta. ¿Irás tú? Ni loca. ¿Cómo está el ambiente allí? Lleno de políticos y gente *nice*. Huele bien entonces. Más o menos. ¿Y el ingeniero Canizales? Muy formal. Órale, gracias por avisarme.

Verdaderamente este abogado tenía corazón playero.

¿Desde cuándo toma su curso ese bailarín? Una semana. Más le vale tener la coartada de su vida. Sabe qué creo, que sólo los narcos podrían usar balas de plata, si se ponen dientes de diamante y lucen esas joyas tan estramboticas, ¿por qué no usarían balas de plata? Sigue y verás como de verdad los rusos van a venir por ti. ¿Eso es bueno o malo? El detective la miró, le caía bien y no la dejaría con esa antigua broma, así que mientras terminaba con los camarones y se bebía el caldo picoso, le explicó un par de cosas del oficio.

Ella lo escuchó atenta. ¿Por qué no se habrá casado?, ¿qué significan esos rumores que de vez en cuando escucho en la Jefatura?

Mariana Kelly vivía por el malecón Valadés en un edificio de departamentos moderno. Esta vez Mendieta no quiso bajar. Cinco minutos después Toledo regresó con la noticia de que no se encontraba. Según el conserje, un hombre de unos cincuenta años, acostumbraba pasar los fines de semana en Altata con su perro y la señora Valadés con su niño.

¿Qué hacemos? Consigue su teléfono.

En la Jefatura encontró un ejemplar de *Noticias del imperio* de Fernando del Paso con una nota de Guillermo Ortega: «Jack el Destripador». Había escuchado tanto de ese libro que decidió llevarlo a casa. Gris obtuvo el número en el directorio telefónico y marcó. Respondió el velador: no se hallaban allá y tampoco irían. Mendieta sabía que no la debía retener, que tenía cita con su novio, no obstante la dejó sufrir hasta que fue el momento de partir a Navolato.

Doce

El chico de la bici entró pisando fuerte en la sala donde velaban a Paola Rodríguez. Aroma de rosas. Gente por todas partes. Caterva. Su pandilla se encontraba en la entrada, para lo que se ofreciera. El padre permanecía cerca del ataúd, de vez en cuando movía la cabeza y le escurría una lágrima. La madre sentada en la primera fila se veía seca. Reseca. Las coronas de flores con cintas con nombres de los remitentes rebasaban el espacio habitual. Todos conversaban. En una esquina los compañeros de Beatriz charlaban con ella sobre la puesta en escena de *Muchacha del alma,* de Jesús González Dávila, y sobre el poco público que asistía a las funciones: No basta que sea el mejor dramaturgo mexicano o que sea un defensor de los derechos humanos. La gente no sabe lo que eso significa. Nuestro esfuerzo actoral tampoco vale. Somos un rancho grande y polvoriento. Se instaló en el extremo más lejano y se dedicó a observar a la concurrencia, la mayoría amigos de la familia porque ella no era sociable. Dante y sus camaradas de la universidad bebían brandy, conversaban, uno de ellos contaba chistes. Sólo su padre y yo la queríamos, reflexionó, yo más que él, más que todos, más que a mí mismo. Lástima que el último no pueda ser el primero.

Te digo que no, no quiero sexo, no quiero nada. Mija,

qué onda, mira cómo ando. No seas encimoso y deja de besuquearme, no sabes besar, sólo me ensalivas, cerdo; barbaján; no me quites el brasier, ¡no!; déjame en paz, Eze, por favor, estoy en el límite. Te quiero, Paola, estoy loco por ti, por tenerte, por ser el hombre de tu vida. Hoy no, ahora no, ya no y me importa un bledo, un comino, un carajo lo que pretendas.

Beatriz se sentó a su lado. Debes estar contenta, morra, me canso ganso que a veces creo que tú la despachaste. Nada, ella solita lo hizo, ahora no tendrás pretextos, mi rey. No tendré, pero necesito tiempo. ¿Para qué?, todo es muy claro. Si digo que lo necesito es que lo necesito, morra, no te pases. Siempre y cuando no sea excesivo, ah, y no te quiero ver cerca del féretro, nada de despedidas ni de proponerte como voluntario para cargarlo. Qué perra eres, ni siquiera disimulas. Hueles a pescado, ¿dónde comiste?

Enseguida se levantó para recibir las condolencias de unas señoras del barrio y del director de la obra, que se la llevó abrazada de la cintura.

El chico de la bici pestañeó: Quiero que me hagas tuya, Eze, eres el más felón del barrio y con el que quiero, se encontraban en la sala de su casa. Beatriz se despojó de la blusa y se desabrochó el pantalón. Olvídalo, morra, ponte esa madre, le aventó la prenda. Pensé en todo menos en tu rechazo. No me importa lo que hayas pensado, estoy enamorado de tu hermana y ando hasta las manitas, o sea, que no puedo clavarme en otra ni satisfacer tu deseo. Tampoco se me ocurrió que fueras marica. Pues sí, lo soy, pésele a quien le pese.

Se puso de pie. Los empleados de la funeraria trasladaban el ataúd a la capilla para la misa de cuerpo presente.

La gente se movió. La madre sollozaba. No hay cosa que odie más en la vida que ser un pendejo, se lamentó el chico. Nunca te comprendí y menos ahora. ¿Qué onda, morra, por qué te mataste? Nunca supe que te faltara algo. De verdad: nada odio más.

Trece

Poco después de las cinco de la tarde, Mendieta arribó a la finca de los Canizales en las afueras de Navolato, una próspera ciudad tropical fundada por agricultores. El fuerte viento levantó la hojarasca. Los choferes de los carros oficiales estacionados conversaban entre sonrisas. A bajo volumen, escuchaban corridos norteños. Huerta de árboles inmensos que superaba con mucho la barda que la rodeaba. Se identificó con el portero que lo pasó a una salita que olía a ambientador de manzanas. Una tele transmitía un partido de beisbol: Al *bat*, Vinicio Castilla. Por una ventana pequeña vio parte de una casa de dos niveles, color ocre, llena de arcos y plantas entre las que sobresalían los helechos y las lluvias de oro. Al lado mangos, aguacates y naranjos. Un emparrado donde unos hombres de sombrero conversaban alrededor de una redoma de aguardiente.

Nicolás Beltrán, de traje negro, abogado de la familia, cuidadosamente afeitado, vino a decirle que el ingeniero no podía recibirlo, que por favor lo comprendiera. Lo comprendo, por eso quiero hacerle sólo una pregunta. Cualquier intromisión sería ociosa, señor Mendieta, se encuentra agotado y desde luego muy conmocionado. Sólo eso, no lo molestaré más. Hablé con el comandante Briseño para que el ingeniero no fuera importunado y accedió, sin embargo veo que hay fisuras en la cadena de mando; tendré que llamar a la PGR. Mendieta experimentó una pereza tan profunda, eso de los jefes lo empalidecía y lo inducía a ser educado, así que tomó al emisario de las solapas, lo alzó y lo arrojó contra la pared: Mira, cabrón, llévame ahora mismo con tu jefe o te acuso de obstruir la investigación, te meto una semana en la bartola y ya me contarás cómo te las arreglas para salir de allí. El abogado quedó petrificado, con la boca abierta. Vamos, ordenó el detective, desarrugándole el saco y empujándolo hacia la puerta. El abogado se volvió, le puso un dedo en el pecho: No quiero que te vayas sin saberlo, Mendieta, acabas de ganar un enemigo. ¿Tú?, me la pelas, acabamos de ver tu expediente y así es de grueso. Lo volteó y lo empujó.

El ingeniero departía con amigos del gobierno y del mundo empresarial. Bebían fuerte, fumaban puros. El abogado dio aviso, el hombre lanzó una mirada al detective, quien se la sostuvo nomás por saber qué se sentía enfrentar a un potentado, luego salió a recibirlo, lo saludó con cordialidad política: Pase por aquí. La gente conversando en varios puntos, pudo ver al hermano y a sus amigos haciendo sonreír a unas muchachas; entre los amigos llamó su atención uno que vestía con elegancia, ¿dónde lo he visto? Se instalaron en un despacho donde cabía ocho veces la oficina del detective.

Dígame a qué debo su ansiedad. Su hijo fue asesinado con una bala de plata por una persona que él conocía; usted es un hombre muy importante, ingeniero Canizales, con numerosos amigos y enemigos, ¿había recibido amenazas? Ninguna, y existía suficiente distancia entre mi hijo y yo para que mis enemigos lo tomaran en cuenta, sé que era un gran abogado pero teníamos más de cuatro años sin dirigirnos la palabra, no me pregunte por qué; hablaré con el procurador del estado para que suspenda la investigación y pueda usted dedicarse a otro caso; la identidad y el castigo al asesino de mi hijo no me interesan, gesto duro, mirada escarchada, así que no pierda su tiempo, sé en qué país vivo y sé qué se puede evitar, si me permite, debo volver con mis amistades, se puso de pie. ¿Sabe usted por qué llamaron de la PGR solicitando lo mismo?, *impasse* en que nadie enciende nada. Como decía Bruno cuando era pequeño: ¿Me lo promete? Se lo juro, mi hermano hablaba igual. Mantengo severas desavenencias con el procurador general, si él ha ordenado suspender la investigación haré que continúe hasta sus últimas consecuencias, aunque el resultado siga sin importarme. Le encargo que sea sutil con el licenciado Bracamontes. Usted prosiga, ya lo llamaré para que me cuente, ¿tenía otra pregunta? ¿Qué aroma es éste? Canizales se puso de pie. No tengo idea, lo mismo el detective. Corren rumores de que su partido hará un movimiento y que el ungido será usted. No puedo hablar de algo que no ha ocurrido. Quería decirle que cuenta con mi voto. Gracias. ¿Bruno tiene una habitación aquí? No, pocas veces se quedaba y cuando lo hacía dormía con su hermano. Su hijo estaba en la mira de los narcos, recibió amenazas de Marcelo Valdés, ¿lo sabía? No y, en serio, detective, lo que menos deseo es que se haga una bola de nieve con este asunto y menos con esa gente de por medio. El detective lo observó: Gracias, ingeniero, no olvide que tiene mi voto y el de mi familia.

En el emparrado nadie hablaba. Los moscardones iban de un sombrero a otro. Una mujer de negro le pidió que se acercara. Esbelta. Pálida de muerte. Manos transparentes. ¿Es el policía? Edgar Mendieta, de la ministerial del estado, para servirle. Soy la madre de Bruno, no sé cómo probarlo pero estoy segura de que él lo mandó matar, es un desgraciado, un monstruo que ha de arder en el infierno. Su boca se retorcía de odio. ¿Qué le hace pensar que fue él? Porque jamás ha tenido escrúpulos y desaprobaba la vida de mi muchacho; su ambición no tiene límites, ¿sabe de quién se ha rodeado?, de la escoria de su partido, lo miró con ojos secos. ¿La noche del jueves habló con usted su hijo después de la diez? Llamó de Mazatlán; estaba feliz, me contó que se encontraba frente al mar. Beltrán llegó deprisa, seguido de dos enfermeras, suficiente Mendieta, ya verás lo que te espera por meterte en lo que no te importa; señora, debe descansar. Las enfermeras se hicieron cargo de la mujer, que no emitió palabra. Beltrán encaró al detective: Puedes largarte. También podría quedarme a echarme un trago con estos señores. Estás pendejo, expresó alejándose, como llegó. Mendieta sonreía de buena gana.

«Fueron encontrados dos encobijados con tiro de gracia en un paraje de la carretera a Imala; el comandante Moisés Pineda, jefe de la Unidad Antinarcóticos de la Policía Federal Preventiva, se apersonó en el lugar de los hechos y declaró que no se detendrían hasta encarcelar a los asesinos, que están siguiendo una pista segura. Por otra parte, poco se ha avanzado en las investigaciones sobre el caso del licenciado Bruno Canizales, perpetrado en su domicilio en la colonia Guadalupe, hace dos días; el comandante Omar Briseño informó a este noticiario que pronto darán con los autores del crimen, que no habrá impunidad. La investigación la lleva a cabo el detective Edgar, el Zurdo Mendieta, uno de los hombres más prestigiosos e incorruptibles de la corporación, y pronto dará resultados. Para *Vigilantes nocturnos,* de fin de semana, Daniel Quiroz, reportero.»

Estacionó su carro en El Quijote. Estás tumbado del burro, pinche Quiroz, no tienes idea de lo que ocurre, y si la tienes te callas y callar es una virtud muy valiosa cuando vives en el infierno y te toca hablar con el diablo.

Se sentó cerca de la barra, lejos del escenario donde una morena bailaba *Under the Influence of Love,* de Barry White. El lugar era una caja de resonancia. Le acercaron una cerveza y un tequila doble que consumió con rapidez. Venía sediento. Le sirvieron de nuevo. El mesero, un homosexual conocido como la Cococha, era de la Col Pop y le tenía especial aprecio: había conocido a su madre, a quien mencionaba como una mujer dura pero comprensiva. En la mesa de al lado un hombre mascullaba ante una cerveza que se le había calentado. Nadie le ponía atención. Mi Dios tiene ojos y nada se le escapa, mi Dios tiene oídos y todo lo escucha, mi Dios tiene piel y todo lo siente; pronto estará aquí para poner orden y los impíos pagarán: los delincuentes de cuello almidonado, los jueces corruptos, los que fijan el precio del café y del tabaco, van a pagar. Le urge su pericazo, murmuró la Cococha, al servirle la tercera cerveza al detective. Pues consígueselo, así aseguras tu camino al cielo. Te oyera tu madre, que Dios tenga en su seno, poco le falta a uno y tú dándome consejos. Vio entrar a la porrista de los Tomateros que se acostaba con el forense, la acompañaban dos amigas y un travesti. Eran lindas las tres, cuerpos esbeltos, ejercitados, cabellos largos llenos de luces y rayas de colores; mostrando el ombligo con *piercing,* el travesti no les iba a la zaga. Ve nomás ese cuarteto, exclamó la Cococha fascinado, seguramente acuciado por el recuerdo porque enseguida expresó: Qué tiempos aquellos. ¿Quién es él? Es de los Valenzuela. No me digas, ¿hijo del Queteco Valenzuela? Ni más ni menos. ¿Conocería a Bruno Canizales? Reflexionó observando cómo llamaban la atención de la concurrencia y les llovían bebidas. Ellas contentas, con más adeptos que las bailarinas que por cierto esa noche estaban fatales, lo mismo que el contador de chistes. La que actuaba en ese momento se había quitado el *top* para bailar una polka pero ni así consiguió la atención de la concurrencia. Mendieta entraba en una borrachera suave, controlada, en la que jamás se consentía recordar salvo que debía rescatarse a sí mismo. La última vez que se lo permitió no fue a trabajar en una semana y fue necesaria la participación decidida de Ortega y Montaño para sacarlo de su postración. Doctor Parra, espero no verte en mucho tiempo, amigo; prometo que jamás volveré a ser débil y que, ante cualquier perturbación, me cortaré los huevos. Goga: evocó un rostro hermoso, una sonrisa, una forma de andar y bebió. ¿Por qué no vienes a recoger los pedazos? Están dispersos en las cloacas, mordidos por las ratas. La Cococha lo miró moviendo la cabeza: Edgar, sal de eso, mijo, el mundo está lleno de mujeres. No lo digas, carnal, no lo digas, no creas que no me asusta que todas esas mujeres se reduzcan a una. Es el amor, mi rey, y no tiene más que una salida; para nuestra desgracia es una trampa mortal, acuérdate de lo que me pasó con mi teniente coronel; tienes que salir, no hay de otra, mijo, ¿qué no eres hombre? Se acabó la cerveza y el tequila de golpe. El mesero movió la cabeza con desesperanza. El adicto creyente dejó su mesa, al no aparecer su proveedor se largó a otro antro.

Una cerveza más y decidió marcharse. ¿Qué sería del

hombre sin la noche? En su carro se tragó una pastilla Ranisen y masticó otra de Pepto para la acidez. Encendió el estéreo y corrió la versión de los Rolling de *Like a Rolling Stone,* que consideraba fina y subyugante. El estilo de sus majestades satánicas a todo lo que daba. Recordó que *Milenio Diario* había publicado una lista de *remakes* que le pareció incompleta. Ni siquiera venía *A Little Help From my Friends* de Joe Cocker, que es un monumento, ni *I Love Somebody* de la Janis, ni *Proud Mary* de la Turner. Dos Hummer negras se estacionaron frente a la cantina en doble fila. Órale, ¿por quién doblan las campanas? Tal vez entraron a celebrar y yo de mal pensado. ¿Se acercaba a curiosear o se aguantaba? Prefería mantenerse lejos de los narcos, sus razones eran dos: una, que su mejor amigo había sido arteramente acribillado luego de reclamar su paga por haber llevado una maleta de coca a Ciudad Juárez; esto después de que su novia hubiera sido violada y él torturado. Estudiaban la preparatoria y era una marca que no se podía borrar. Y dos, que ya en la Judicial atentaran dos veces contra él: una contra su vida en una balacera memorable donde el carro en el que se resguardaba se incendió, y otra cuando le sembraron veintisiete kilos de novocaína para que perdiera su empleo. Las dos me la pelaron, reflexionó con desgano. Desde ese día renunció a Narcóticos y según lenguas autorizadas a la riqueza fácil y expedita.

Ocho minutos después los vio salir con las porristas y el travesti, subir a sus vehículos y largarse quemando llanta.

Al terminar la canción encendió el Jetta; como una bendición, la manera de caminar de Goga rumbo al baño ocupó su mente, pero sólo fue un instante. ¿Cimbreante viene de cimbra? Luego, escuchando a The Monkees, *A Little Bit Me, a Little Bit You,* se fue a su casa en la Col Pop.

Catorce

Oscurecía. En una pequeña sala que daba al jardín trasero, Marcelo Valdés y su mujer conversaban. Bebían té de manzanilla con fruta deshidratada. Tres guardias vigilaban atentos. Nos establecimos aquí por tus pistolas, dijiste que para ti estar cerca de la familia era lo más importante. En realidad quería alejarte de ya sabes quién, lo interrumpió la señora con un gesto frío, y si te queda un poco de vergüenza no hagas que me acuerde de esa perra, veía una revista de modas, Valdés hizo caso omiso y continuó: Ahora quieres que nos refundamos en el rancho, ¿de dónde sacas que es un paraíso? Viejo, estás enfermo, tienes más compromisos de los que puedes cumplir y porque no quiero que te mueras; perdí a mi hijo y no quiero perderte a ti. Para morir nacimos. Pero no en manos de los enemigos ni de coraje; Elenes dice que te conviene retirarte, volver al rancho y estar tranquilo, ya no soportas igual el estrés, las cosas cada vez están más duras y allá tenemos Sky, avioneta y comida para un año: sólo faltamos nosotros. Callaron, Valdés reparó en que la oscuridad se volvía densa y aunque continuaron en la sombra el resto del jardín se iluminó. He creado un imperio que morirá conmigo, farfulló como para nadie pero su mujer contestó: No creo que Samantha piense lo mismo, ¿no ves cómo se ha puesto inquieta con tu enfermedad? Cavilo mucho en ella, tal vez demasiado y me preocupa que aún tenga esos arranques de jovencita. Pues con todo y eso es mejor que los mequetrefes que te visitaron hoy. Ese mediodía, dos de los hijos que tenía con otras mujeres se apersonaron para hablar de sus padecimientos, ambos eran médicos especialistas, pero la señora no permitió que lo auscultaran; pretextó que el doctor Elenes era muy celoso con sus pacientes. A ninguno de los dos le interesa este negocio, deslizó sirviéndose más té. Yo no estaría tan segura. Tienen su hospital, y muy acreditado por cierto. Pero son humanos, y si son humanos son ambiciosos y no se van a conformar, por eso más vale que vayas pensando en Samantha, ella creció contigo y la conoces muy bien, los otros quién sabe qué mañas tengan. Volvieron a guardar silencio.

Alguien encendió las luces de la casa. Escucharon que un carro entraba. Era la Hummer de Samantha. Bajaron ella y Mariana cargando al niño dormido, la señora las llamó y se hizo cargo del chiquillo, que siguió como si nada. ¿Qué hacen, están de románticos? Qué va, tu padre no me echa un lazo, es muy aburrido. ¿Es cierto, pa, no que muy felón? Mariana fue por refrescos. Es que no sabe bailar. Cómo no, hasta zapateado te bailo si se ofrece. Digo, en caballo. Ni que estuviera loca. No diga que no, mamá, yo le ayudo, le detengo las riendas para que se suba. Si podemos bailar en el piso, ¿qué tenemos que bailar en el aire? Es que el viejo quiere saltarse las trancas, mamá, hay que darle chance. Mariana volvió con dos vasos de coca. Continuaron conversando hasta que las muchachas se fueron. No obstante, Valdés se sentía incómodo, algo le indicaba que no se encontraba en situación. Ese policía, Mendieta, a gritos estaba pidiendo un escarmiento, ¿cómo se le ocurría perturbarlo en su casa, no era suficiente lo que pagaba a los altos funcionarios para que lo dejaran en paz? Cuando se fue a dormir, después de cenar una rebanada de pan tostado con jocoque, había tomado una decisión.

Quince

El domingo despertó con la imagen del cura Bardominos en la mente. Se levantó cansado, había dormido con la tele encendida y lamentó su angustia por no poder erradicar esa imagen tan nociva en sus recuerdos. Rememoró a Parra: Prodígate goces intelectuales, ejercicios mentales que te resulten placenteros, como acceder a nuevos conocimientos, obras de arte, libros, conciertos, crucigramas; provócate, la mayor parte de nuestra inteligencia tiene su origen en las emociones y no puedes ir por allí toda la vida con esa parte herida al descubierto. Es muy importante que te enamores.

Se hizo un Nescafé y tomó el ejemplar de *Noticias del imperio* que le dejó Ortega. Tenía el nombre de Paola Rodríguez en la primera página. «Yo soy María Carlota de Bélgica, emperatriz de México y de América. Yo soy María Carlota Amalia, prima de la reina de Inglaterra, gran maestre de la cruz de san Carlos y virreina de las provincias del Lombardovéneto acogidas por la piedad y la clemencia austriacas bajo las alas del águila bicéfala de la casa de Habsburgo.»

Órale, farfulló y reflexionó, si mal no recuerdo esta mujer murió trastornada. ¿Paola la admiraba? ¿Bruno era su Maximiliano? Nobles que se matan con balas de plata pero no ultrajan los cadáveres, gente fina que en sus peores vilezas demuestra educación. No está mal; sin embargo no coinciden las armas, ¿y si Ortega se hubiera equivocado? Imposible.

Continuó leyendo. Conforme avanzaba, notó que la novela lo atrapaba y lo desviaba de sus meditaciones profesionales. A las once sonó el teléfono fijo.

Bueno. ¿Edgar Mendieta? Dígame. Habla Samantha Valdés, supe que me andas buscando y me adelanté, ¿dónde nos vemos en una hora?

¿Y esto, ahora los patos le tiran a los gavilanes?

Se saludaron de mano.

Samantha era alta, de medidas perfectas aunque un poco excedida de caderas; se rumoraba que había invertido una fortuna en cirujanos plásticos pero que ni los brasileños habían logrado arreglarla. Cabellera roja, labios delgados, ojos verdes, uñas decoradas de púrpura; su suave perfume no flotaba en la habitación de Canizales, cuando menos esa mañana. Vestía de negro. Llegó en una Hummer verde que el detective divisó por la ventana. Una H3. Se estacionó al lado del jardín botánico Carlos Murillo Depraect. Unos metros atrás se detuvo una camioneta negra de vidrios ahumados, donde viajaban los guardaespaldas, a quienes prefería mantener fuera de su vista.

Era una mujer de carácter a quien no le gustaba perder el tiempo: ¿Qué te duele, Zurdo Mendieta? ¿Se le quebró la voz?, no, ¿le sudaron las manos?, ni lo piensen, ¿bajó los ojos?, ni en sueños. Al detective le gustó que lo tuteara, saboreó el café de verdad que tenía ante sí, reprobando el agua de calcetín que se tomaba en todas las oficinas del Gobierno. A Canizales lo mataron con una bala de plata,

¿sabes de alguien que las use? Muchos, aunque sólo dos viven aquí y si me lo permites serían los últimos en interesarse en alguien como Bruno, son gente de nivel. La gente de nivel también vive salpicada de sangre. Tú qué sabes. De algo sirve ser placa, ¿no? A esa altura no entran ustedes, entiende, le dedicó una sonrisa fría, displicente. Mendieta prefirió no indagar.

Pidió otro expreso, ella un frapuchino. El lugar se hallaba abarrotado de mujeres conversando. Entre semana dejaban a sus hijos en la escuela y se congregaban allí hasta la hora de salida: parloteaban de dietas, moda, enfermedades, maridos inútiles y secretarias pizpiretas. Los domingos muchas de ellas continuaban la reunión mientras sus esposos veían futbol o se emborrachaban con los amigos.

Te busqué por dos asuntos, Mendieta, primero: respeta a mi padre, cabrón; es uno de los hombres más importantes de este país; el presidente, sus secretarios y cuanto lambiscón anda con ellos se le cuadran, si no fuera por él millones de gentes estarían desempleadas, muriéndose de hambre; ¿quién eres tú para fastidiarlo en su casa?, un inmundo poli muerto de hambre; segundo, no molestes a Mariana Kelly, ¿me entiendes?, ella nada tuvo que ver en esa muerte pero se siente muy nerviosa, como lo había amenazado en público teme ser interrogada. ¿Qué te preocupa?, papi arregla todo en un santiamén. No quiero que metas a mi padre en esto, güey, entiendo tu desdén pero me vale madre, cada quien lo suyo y no creas que te busqué por tu linda cara, te voy a pagar el favor. Yo a tu dinero y al de tu padre me los paso por los huevos, y frena, morra, para tu pinche carro que no estoy para vaciladas, sonrisa roja, mujer acostumbrada a momentos difíciles. Di lo que te venga en gana, siempre serás un comemierda. Mendieta se endureció: No estoy jugando, Samantha Valdés, y ya que estamos en esto, espero que respondas unas preguntas. Te respondo lo que quieras siempre y cuando seas recíproco, y no me escames, cabrón, que para cuando tú vas yo vengo, se detuvo en su rostro pétreo, iba a replicar pero prefirió cambiar de tema. Cuéntame de tu relación con Bruno Canizales. Me gustaba cómo me lo hacía, me volvía loca, ese hombre tenía un sentido del cuerpo, de las sensaciones sexuales, del tiempo, del aroma, que revelaba a los demás como unos pobres pendejos; lo califico con diez y hasta con once si se puede; después mi niño se encariñó con él, hasta lo llevaba al parque y le tenía una paciencia que nunca le tuvo el padre. Fin de la historia. Prometo pagar tu frapu si me dices dónde estuviste la noche del jueves pasado. En mi casa, el viernes terminó la telenovela *Morir en tu pecho,* y no iba a perderme ese capítulo por nada del mundo. Vaya, pensó el detective, alguien que no ve el 22. ¿Cómo te enteraste de la muerte de Bruno Canizales? Por el periódico, ¿la descartaba? No, antes debía averiguar un par de cosas: ¿conociste a Paola Rodríguez? Claro, una maldita bruja que nomás se le andaba atravesando a Bruno, la pendeja me la quería hacer cardiaca cuando se lo bajé, le mandé un par de guaruras para que le dieran un susto y santo remedio, qué costumbre de la gente de no dejarla a una en paz. ¿Qué te hace pensar que Mariana no tuvo que ver? Ella no tiene esos alcances, es muy «vive y deja vivir», además no me mentiría. Eres su diosa. Algo por el estilo, sucede que cree que tarde o temprano la van a buscar y está horrorizada, ya le dije que la Policía mexicana es una inservible, que mi papá los tiene comprados, incluso hicimos un par de llamadas cuando supimos que la habían ido a buscar, pero está clavada en que la van a torcer y en que no quiere bronca; el procurador nos pasó el teléfono de tu jefe que a su vez nos dio el tuyo; más o menos calculamos tu precio, prefieres Madrid, París, Nueva York o efectivo, te hablo de quince días con todo pagado y, desde luego, acompañado por quien tú elijas, que algo te sabemos por ahí, sonrió con picardía. Me encanta tu pragmatismo, ¿quiénes son los que usan balas de plata? No te lo voy a decir, esas personas no hacen a Bruno en el mundo y no creo que le disparen a nadie; deja de hacerle al loco, vida sólo hay una y hay que vivirla. Gracias por el consejo. ¿Entonces? Sacó un sobre color manila de su bolso y se lo puso enfrente, Mendieta descubrió a Rudy Jiménez cerca de la caja registradora y lo saludó, el propietario del café sonrió con complicidad. Dile a Mariana Kelly que si lo piensa sucede y que me espere, mañana voy a pasar a buscarla, igual a tu padre. Eres un hijo de la chingada, Mendieta, y sabes qué, te vas a arrepentir, respiración agitada, mi padre no me preocupa, se cuida solo, lo que quiero ver es que le pongas la mano encima a Mariana para que al fin sepas con quién estás tratando, pendejo. Recogió el sobre, se puso de pie, derramó el resto de frapuchino y se largó. Órale.

Rudy limpió rápidamente con un trapo. No cabe duda de que eres de gustos fijos, detective, te encanta la fiereza. En algo tengo que ser firme, ¿no te parece? Te gusta la mala vida, oye, si recuperas el apetito, mi mujer acaba de llegar de Berlín y trajo un jamón de muerte natural, ¿quieres probarlo? Luego, ahora debo ir a la Jefatura. No seas desdeñoso, la vida se reduce a comer bien y saber pasar el tiempo entre comidas. Ahora no, y si te lo acabas te mando a Salubridad, se acercó un hombre delgado, de bigote, agradable. ¿Conoces al Feroz? Rudy lo había llamado. No tengo el gusto, se saludaron. Los dejo, Jiménez regresó a su oficina. Estudiaste literatura, ¿verdad? Sí, pero no lo vuelvo a hacer. Recuerdo haberte visto en la facultad, siempre llegabas tarde y bostezabas todo el tiempo. Ah, usted es profesor de hispanoamericana, pero no me tocó. No, te la dio Liz. Una chaparrita, sí. Me dice Rudy que eres policía y que detestas la literatura policiaca. Algo hay de eso. Pero no le pedí que nos presentara por eso; tengo un problema, no sé si me puedas ayudar. Usted dirá. Hace un mes me robaron mi carro, lo reporté a la compañía de seguros y lo único que han hecho es hacerme dar vueltas, probablemente ya gasté más de lo que me corresponde en andarlos vaquereando; dime si hay alguna manera de obligarlos a que me paguen o de perdida que la Policía encuentre el carro, la verdad ya me harté de ir y venir. Estoy en Homicidios, profesor, vaya a la Jefatura y busque al licenciado Urrea, del Departamento de Robo de Vehículos, dígale que va de mi parte, a ver si aún se puede hacer algo. Rendón le agradeció y regresó a su mesa para seguir bebiendo cerveza.

Mientras pagaba, pensó que era formidable que Samantha fuera bisexual, no creía que existiera un hombre o una mujer que le dieran batería. Hay mujeres para las que el *todo* siempre será una parte.

Dieciséis

El chico de la bici y Beatriz conversaban en la cama después de haber hecho el amor. Fumaban mariguana y bebían cerveza fría que sacaban de una pequeña hielera verde. Estaban en un motel.

No me siento bien, murmuró él, después de una calada a un churro recién forjado. Pues yo sí, al fin me quité a esa güina de encima; no tienes idea del infierno que era vivir con ella, era una acaparadora de cariño, dinero, ideas, oportunidades; nada lucía en esa casa si no provenía de ella, de su gusto atroz; desde niña fue insoportable y me tocó cuidarla porque mi madre nunca la quiso; estos días, aunque he sido prudente, son los mejores de mi vida, en primer lugar porque te poseo para mí sola y en segundo porque no tengo que compartir con nadie la casa, los pasillos; la recámara de enfrente toda es para mí, unos días más y me cambio para que trepes por la ventana, en fin que ya sabes el camino; pondré una cortina gruesa contra los curiosos. Fumaron, el chico seguía con los ojos cerrados. La muy maldita volteó las fotos para evitar testigos, ¿lo puedes creer?; más enferma no podía estar; mi papá está tomando un poco pero ya se le pasará y me tratará como a su princesa. El chico recordó: Eze, invierte esas fotos, ¡voltéalas, bestia! No quiero que se enteren cómo abusas de mí ni quiero ver a Bruno. Estás tumbada del burro, morra, o sea, loca de atar. Por ti, no lo voy a negar, vivo la vida plenamente: el drama humano; te juro que por fin comprendo a Shakespeare, ¿cuándo irás a ver la obra? Ya la vi. Pero otra vez. Me da hueva, todos esos amigos tuyos son patéticos, y ese idiota que te besa se está clavando, ¿eh?; ve si le pones freno. Es actuado, no te la creas. Pues no me gusta, te agarra las nalgas como si quisiera otra cosa y en la funeraria te llevó abrazada con los otros. Me encanta que te enceles. Más te va a encantar si un día voy y le rompo su madre al güey. ¿Si deja de besarme vas a vernos? No dije tal cosa. Pero yo lo pregunto, tienes que hacer algo para olvidarla, te perdoné que te metieras con ella, no te lo he dicho pero muchas veces los espié; te oía llegar, escuchaba sus gemidos, también me di cuenta de cómo te humillaba; me molestaría mucho que siguieras clavado. Me vale madre, te recuerdo que no me sedujiste: me obligaste cuando te hiciste pasar por ella en su cama; así que no sé quién de los dos sea más perverso. Según la raza no matas una mosca, pero la mosca que debiste matar ha contaminado medio planeta y ha provocado tres epidemias con miles de muertos. Lo besó contenta, confirmando que todo ángel es terrible.

Fumó, le pasó el churro del que no quedaba mucho. ¿Por qué ese malestar?, ¿acaso era hijo de la mala vida? Ella lo despreciaba, lo ninguneaba, gozaba haciéndolo sentir miserable: no metas tu asquerosa lengua en mi boca, idiota, apestas, desaparece de mi vida, perro pulguiento, no quiero volver a verte, me caes gordo.

Quien no merece amor no merece nada.

Vamos a dejar de vernos, morra. ¿Por qué? Beatriz acercó su cara. Sin ella todo será más fácil. Eze, por favor no me hagas eso, te quiero, estoy enferma de ti, muerta de ti, dispuesta a todo por ti, apostó todo a una mirada. Pesas mucho, Bety, y ahora estoy débil, enfermizo, bien ñengas. No seas tan desconsiderado, Eze, no seas así. ¿Te prometí un jardín de rosas? No, pero. ¿Entonces?, imaginó que todo quedaba a oscuras, que Paola observaba con un gesto profundo, sin sonreír, sin aprobar; lanzó la botella que bebía contra la pared: Aliviánate, morra, tu futuro no soy yo. Pero por qué dejar de vernos, podemos encontrarnos una vez a la semana, continuar nuestro idilio, ¿a poco no lo hacemos rico? La miró con un leve desprecio: Está bien, morra, pero hasta que yo lo pida, lo besó. ¿Cuándo será eso? Ella me regaló un libro, cuando lo termine de leer. ¿Cuál es? Uno de una reina loca, *Noticias del imperio,* no recuerdo el autor. ¿Es delgado? Más o menos. Significa que nos veremos dentro de unos días, ¿no? En cuanto lo termine. Estaré todo lo que pueda en la ventana, me haces una seña. Ah, pero si ese pendejo te vuelve a agarrar las nalgas no me verás en tu perra vida. Uy qué felón, sonrió. Él la miró harto y le jaló al resto del churro.

Diecisiete

Las cinco de la mañana en el reloj del buró, las ocho de la noche en su inconsciente crispado. Un tropel de imágenes le hizo pensar que era mejor enfrentar al terapeuta. Le llamaría al regresar. Fue al baño, ¿y si le marcaba a Gris y se largaban de una buena vez? Podrían desayunar en el Playa o en el Shrimp Bucket. No lo consideró prudente. Vio su rostro demacrado, su barba algo crecida pero no tenía ánimos de afeitarse. Los lunes son así, un tobogán al vacío, una fruta sin jugo. Se preparó un Nescafé e intentó pensar en el caso, revisó las fotos de su celular y las que le había proporcionado Ortega. Orden por todas partes. Nada se le había pasado. De nuevo le llegó el recuerdo del aroma. Es probable que Paola hubiera estado allí: había Carolina Herrera en el ambiente, ¿por qué utilizó bala de plata?, ¿qué mensaje envió, a quién, por qué? ¿Frank Aldana sabe disparar? Si fue él, ¿por qué bala de plata?

Los Valdés pueden usar balas de plata o de oro si se les antoja, ¿por qué Mariana Kelly teme conversar con la Policía? Necesitaremos una orden de cateo, ¿y si le pido a Robles que visite la casa de Laura? Que lo acompañe Ortega. También ella está en el paquete.

¿Y si la madre de Bruno tiene razón?, ¿qué es tan grave para que un político rompa relaciones con su hijo?, ¿su bisexualidad? El poder corrompe, el poder disoluto corrompe disolutamente. ¿Está seguro, don Fermín?, tengo entendido que es su hijo. Te pago para que mates no para que preguntes. Está visto que este mundo lo tenemos que arreglar los que no ocultamos la podredumbre.

Especulaba cuando llegó Ger, la mujer que se encargaba de mantener el orden en la casa, con el periódico abierto. Buenos días, Zurdo, ¿sabe cuántos encobijados amanecieron hoy? Negó. Cuatro, los encontraron en la Lima, Tierra Blanca, La Costerita y Bacurimí. Pensó: ¿sería alguno con bala de plata? Está ido, Zurdo, ¿qué le pasa?; arriba, corazones, ¿ya desayunó? Estoy sin apetito. ¿Otra vez? No respondió. ¿Tiene que salir temprano? A las ocho y veinte. Hay tiempo de que coma algo, le voy a cocinar unos huevos con cebollas tiernas y tocino de pavo que pedirá perdón por sus pecados. Después. Nada de después, no lo puedo dejar ir con el estómago vacío y no me repele que ya me lo agradecerá y rasúrese, usted es un hombre decente, no quiero que lo vean como pordiosero.

Nueve y cuarto de la mañana. Cruzaron la caseta de cobro de la autopista Culiacán-Mazatlán y se detuvieron a comprar café en la pequeña tienda ubicada a la derecha. Unos veinte metros adelante, la Policía Federal de Caminos tenía instalado un módulo de *antidoping* para traileros y camioneros donde analizaban la orina y, si lo creían necesario, la sangre, para determinar el grado de intoxicación de los hombres del volante. Mendieta observó, alegrándose, a un grupo que se encaminaba hacia el baño; otros salían de él sonrientes y notablemente alborozados. Una de azúcar al mío y te alcanzo en el carro, indicó a Gris y se metió a los servicios. Un hombre de baja estatura bebía agua de una botella con una mano mientras con la otra sostenía varias ampolletas llenas de un líquido amarillento.

Qué onda, mi Chapo, cómo va el negocio, dos traileros a punto de comprar sus ampolletas se pusieron inquietos. Mi Zurdo, dichosos los ojos, le dio un abrazo afectuoso. Déjame terminar con los señores y estoy contigo, los traileros pagaron por los orines y se fueron a hacer la prueba del *antidoping;* a uno que llegaba a lo mismo le pidió que volviera en un minuto. El Chapo Abitia y él eran amigos de la niñez. Pinche enano, nunca pensé que te fuera a ir tan bien. Son los tiempos, mi Zurdo, mientras los federales estén allí, yo saco pa'los frijoles, ¿y tú?, escuché en la radio que andas en algo grueso. La justicia no duerme, mi Chapo, ya sabes. Pues si hay algo que yo pueda ganar ahí, no te olvides, mi familia te lo agradecerá. Límpiate la cerilla, quiero saber quién está disparando balas de plata, calibre 9 milímetros. Qué lujo, carnal, una muerte así hasta yo, ¿con una de ésas mataron al licenciado? Espero tu llamada y no le vayas a dar en la madre a tu riñón, ¿cuántas dosis estás vendiendo al día? Pocas, ayer vendí cincuenta y dos. Órale, ahora sí te vas a cuajar. Ni creas, los hijos están en la escuela y son un costal sin fondo. Pero vale la pena, ¿no? Begoña ya va a la universidad. Pinche Chapo, espero que no saque a ti. ¿Por qué no? Para que no termine de madre soltera. La lengua se te haga chicharrón, ya verás como sale de blanco. Ponte las pilas y espero oírte pronto.

Cuando dejó el lugar siete traileros hacían antesala con la angustia en la cara, mientras el primero que vio iba feliz, montado en su máquina rumbo a la ciudad.

En hora y media recorrieron los ciento ochenta y seis kilómetros de autopista y llegaron al malecón del puerto más bello del Pacífico.

Aquí el mar es la undécima musa.

La Escuela Municipal de Danza, donde imparte clases el grupo Delfos, se ubica en el centro de la ciudad, al lado del teatro Ángela Peralta, frente a la plaza Machado. Los recibió Claudia Lavista, su impulsora más importante. Mendieta la encontró atractiva pero no hizo comentarios. En su oficina le hicieron saber que deseaban charlar con Frank Aldana. ¿Algo malo? Nada de eso, queremos su colaboración.

Siete minutos después entró Aldana, treinta y dos años, ojos grandes, negros y cejas como Frida Kahlo. Cuando supo que eran policías se puso nervioso. ¿Qué haces aquí?, inquirió Gris, quien de común acuerdo llevaría el peso del interrogatorio. Estoy en un curso de perfeccionamiento de mi técnica Limón para montar una coreografía, ¿qué pasó? Las preguntas las hago yo, ¿desde cuándo no vas a Culiacán? No he ido, me vine hace dos semanas y voy a estar una más. ¿Quién sabe que estás acá? Los de mi compañía y mi familia. ¿Extrañas la ciudad? No tengo tiempo, las jornadas son extenuantes, una maestra de Nueva York es la que nos está enseñando y no la podemos desaprovechar. ¿Desde cuándo no ves a Bruno Canizales? Tres meses, seis días y unas ocho horas. ¿Tan preciso? Es inevitable que lleve la cuenta, no se me ocurre otra forma de desear su presencia. ¿Te ha llamado por teléfono? No, cuando menos en el hotel no me han pasado recado y no uso celular. ¿Qué hiciste el jueves por la noche? Dormir, terminamos a las diez y la cita del viernes era a las nueve, este interrogatorio me recuerda a los de las películas de crímenes, ¿pasó algo? ¿Tienes algún testigo de que te recluiste a esa hora? Me quedo en el hotel La Siesta, no creo que en la administración se hayan fijado, el viernes desayuné a las ocho y a las nueve ya estaba aquí, cualquiera de los compañeros puede constatarlo. Si el licenciado Canizales murió alrededor de las 4:30, este cabrón tuvo tiempo de sobra para viajar a Culiacán y regresar para el desayuno, reflexionó Mendieta, quien se sorprendió al ver cómo los ojos de Frank se llenaban de lágrimas cuando Gris Toledo le informó que Bruno Canizales había sido asesinado.

Una vez que se hubo repuesto preguntó: ¿Cómo fue? Un balazo en la cabeza. Fue esa perra, estoy seguro, vivía amenazándolo, abominándolo. ¿De quién hablas? De Paola Rodríguez, una ex novia que me odiaba y a él también, una tipa cursi que quería sacar todo de su belleza y de los poemas de sor Juana; le llevaba unos libros gruesos según para leerlos juntos. ¿Como *Noticias del imperio?* Asintió. ¿Atestiguarías contra ella? La quiero matar a la desgraciada, maldita envidiosa, como ella era incapaz de ser feliz hacía hasta lo imposible para que nadie lo fuera. Horas después la encontraron muerta en su casa. Era lo que siempre juraba, que lo mataría y luego se suicidaría, ojalá se pudra en el infierno. Luego se soltó a llorar. ¿Qué sientes al disparar un arma? Jamás lo he hecho. Si no tienes testigos de que estuviste aquí el jueves por la noche, tendrás que acompañarnos. Llévenme, nada me importa, quería hacer esta función para él, por él estoy tomando este curso, por él quería hacer todo, aunque hubiera pasado mucho tiempo iría a la función y después pasaría a mi camerino para abrazarme y besarme y ser felices, aunque sólo fueran unos días o unas horas, él era así y yo con poco me conformaba. Se quedaron quietos, la pareja también había perdido amores y comprendía. Nos tenemos que ir, expresó Mendieta con suavidad, Aldana se puso de pie. Si me permiten, voy por mis cosas.

¿Cómo ves, jefe? No sé juzgar cuando hay amor de por medio, jamás he comprendido a los amantes que se matan o que se depredan. ¿Ni cuando has estado enamorado? Nunca, y ya no recuerdo cuándo fue la última vez que me enamoré, mintió, creo que fue en el kínder. Yo, si no fuera por el Rodo, no tengo idea de en las que andaría. Te envidio, volvió a mentir, un amor estable es lo mejor que le puede ocurrir a cualquiera. Jefe, ¿te digo algo?, en la Jefatura dicen otra cosa de ti. ¿Qué dicen? Que eres incapaz de salir de un amor imposible, que antes eras más alegre y comunicativo. Qué caso les haces a esos cabrones, están tumbados del burro. Te propongo algo, jefe, dejemos a este chico en paz, que haga su vida, que se quede a tomar sus clases o lo que sea, ¿para qué hacemos más grande su pena? Entró Claudia Lavista, alta, esbelta, pantalón blanco, hermosa. Perdón, creí que se habían marchado con Frank. ¿Qué? Salieron corriendo, en la calle los transeúntes habituales les impedían ver, avanzar. Perdón, jefe, farfulló Gris Toledo. Por eso es que pensamos que todos son culpables aunque se demuestre lo contrario. Entiendo, Frank Aldana acaba de cometer el error de su vida. Deje que le ponga las manos encima.

Las calles de Mazatlán son angostas; las que no llevan al mar llevan a la nada. Lavista corroboró que Aldana estuvo el viernes a las nueve, el día de la muerte de Canizales, y que, en efecto, había terminado el día anterior a las diez, y añadió que era un chico muy dedicado y con todo para triunfar. Pasaron a la sala donde los bailarines no terminaban de asimilar el hecho; opinaron lo mismo que su directora, agregando que no entendían por qué había salido corriendo. Hasta sus zapatos dejó, expresó una joven pálida, Gris Toledo observó los mocasines que se encontraban en una esquina y sonrió para sus adentros: eran los complementos a los encontrados en casa de Canizales, los colocó en una bolsa de plástico y guiñó un ojo a Mendieta. Salieron en compañía de la directora. Si vuelve, avísenos, se lo agradeceremos, sobre todo él.

¿Qué le parece? En Culiacán o en Mazatlán durmieron juntos y mezclaron los zapatos. Por algo escapó. Desde luego tuvo tiempo de ir y venir.

Recorrieron las calles sin suerte. En el hotel La Siesta encontraron sus cosas personales. Nada. Recogieron una foto de los dos abrazados, sonrientes y un par de recados escritos en papel fino: «Nos vemos a las nueve en casa de L, lleva el regalo. B» y «Por favor no insistas, en su momento te buscaré. B». Este último tenía huellas de haber sido arrugado y después planchado. Olores tenues. Un viento suave entraba por la gran ventana frente al mar.

Gris se hallaba ansiosa por escuchar algún comentario de su jefe y como no veía para cuándo insistió. Cierto, hay dos elementos importantes en su contra, no obstante la verdad es caprichosa, siempre se muestra tras una cortina de humo, así que será mejor que esperemos a demostrarlo. Las apariencias valen pero no son determinantes. Gris no estaba de acuerdo pero eligió callar. Todos le habían dicho que el Zurdo era un policía extraño, que pocas veces se equivocaba. ¿Y la bala de plata? También lo quisiera saber.

El amarillo amargo mar de Mazatlán se hallaba lleno de buscadores de tesoros.

Capitán Noriega, ¿qué tal cocinan la mantarraya en Mazatlán? Zurdo, ¿qué haces aquí, vaquetón? En este tiempo es imposible dominar la tentación de visitar el puerto y queremos comer sabroso. ¿Con quién estás? Con Shakira O'Neill. ¿Negra o blanca? ¿Te hiciste racista? No, es para imaginarla, aunque hablando de ti debe ser blanca. Es morena. Órale, ¿recuerdas dónde está el Bahía? Tal vez. Nos vemos allí en quince minutos, quiero el autógrafo de Shakira, digo, si no mantienes exclusividad. Noriega era el chico listo de la Policía mazatleca. Habían tomado juntos el curso sobre investigación criminal en Tijuana del que regresaron peor de como fueron, según palabras de Mendieta, a quien era difícil complacer. En realidad se pasaron bebiendo y antreando los cuatro días y dos más con LH, de quien pensaban que era el bandido más auténtico que existió.

Noriega era moreno, alto, algo grueso y bebía toda la cerveza que encontraba. Estimula mi inteligencia, decía hablando rápidamente. Lo que estimula es tu barriga, ve nomás cómo estás. ¿Me veo mal?, preguntó a Gris, que se sonrojó. Sentado no se nota. Ya ves, no pretenderás contradecir la opinión autorizada de una mujer tan linda como la compañera. Malú les llenó la mesa de platos: camarones para pelar, pulpo, callos de hacha, mantarraya y el estupendo ceviche que da fama al lugar. Bebieron Pacífico. Le contaron el caso y del escape del bailarín. Le pasaron una foto por si aparecía por ahí. Si la compañera se queda le ayudo en la búsqueda, expresó Noriega con coquetería. No es el plan, capitán, al menos que mi jefe lo haya cambiado. ¿Quieres quedarte? Claro que quiere, ve nomás cómo sonríe con sólo pensar en ello. En efecto, Gris sonreía: Jefe, no se olvide de lo de Rodo, es importante para mí. Su novio cumple años, manifestó el detective. ¿Cuándo? El sábado. Pues que se venga el sábado, así tendrán tiempo de extrañarse, mientras yo te enseño a pescar marlin, pez espada y tiburón; es usted una mujer muy especial, soportar a este gañán no es poca cosa, y una mujer así debe saber de todo, ah, y seguro encontramos al bailarín. Gris pateó a Mendieta pidiendo apoyo. Después, de momento la ocupo allá, ya ves cómo estamos escasos de personal, ¿por qué no te vas con nosotros? Lloraría mi puerto y lloraría yo.

Después de la comida se despidieron.

Llegaron a la ciudad a la hora del tráfico. Jefe, voy a tomar un taxi al Fórum, compro algo para el Rodo y lo alcanzo en la oficina. ¿Estás segura? Hay una oferta que no me quiero perder. Llama primero, tal vez no sea necesario que vengas.

Sobre su escritorio encontró una nota de Ortega sobre las huellas en la bolsa del súper y los botes: «Pertenecen a Jack». Consignaba también que según la prueba del radiozonato de sodio la Beretta había sido disparada por Paola Rodríguez. Regresó tan animado que optó por no llamar al doctor Parra. No se sentía seguro, sin embargo se mantuvo firme.

Antes de ir a casa, pasó por el Guayabo. La banda tocaba un popurrí del Cuarteto de Liverpool. Se bebió tres cervezas, dos tequilas y se marchó cuando el recuerdo de su amor imposible le remojaba el corazón, sólo las cosas insolubles valen la pena, luego se ubicó en los eventos del día: pinche bailarín, y pensar que ya nos había conquistado.

Dieciocho

Luigi, el perro de Mariana, un cocker spaniel negro con blanco, las observaba desde la alfombra. ¿Te acuerdas cómo asustamos a Paola? Ésa fuiste tú, como comprenderás a mí me convenía que anduviera con Canizales. Los encontré en pelotas y les puse las peras a veinticinco, él no hallaba qué decir y yo prendida mentándoles la madre, amenazándolos, diciéndoles de lo que se iban a morir; a ella la agarré de las greñas y la arrastré. Eso no me lo habías contado, acuérdate que no quisiste que te siguiera, me quedé en el carro. Fueron unos metros nomás, por el pasillo de la casa, nunca imaginé que el cuero cabelludo fuera tan resistente; Bruno me suplicó que los dejara vestirse, que podíamos hablar como personas civilizadas; se equivocaba, cuando el problema es amoroso la civilización vuelve a la edad de piedra y nos agarramos a garrotazos. Civilizada tu madre, le respondí y le di una cachetada que me dolió hasta el alma, ella estaba como distante, nos miraba discutir, más bien a mí gritar y a él intentando calmarme, con su voz suave, aplicando todos esos rollos de tolerancia de que hablan en la Pequeña Fraternidad Universal, y yo aferrada: eres un pendejo, cómo te atreves a pedirme calma cuando has estado cogiendo con esta piruja, y tú reza, pinche puta arrabalera, porque vas a saber lo que es canela, y ella como en otra dimensión, mirándome, ¿qué se metería?, no creo que esa frialdad haya sido normal, parecía estatua la desgraciada. Te escuché gritar y me bajé, estaba desesperada, fue cuando más deseé acompañarte. Samantha calló, experimentó un insólito sentimiento: tenía ganas de llorar, de contar algo sobre Bruno, a quien empezaba a extrañar. Esa mañana su hijo preguntó dos veces por él y se dio cuenta de que faltaba, sobre todo cuando César le contó que le había prometido llevarlo a remar al parque Ernesto Millán. El día de primavera, no falta mucho, ¿verdad? Acabó su ginebra. Puta vida, jamás es lo que esperas. Mariana la abrazó cuando vio sus ojos húmedos. Nada, murmuró. Aquí la cabrona eres tú y no te vas a doblar y mucho menos a quebrar por ese pendejo. Se encontraban en la sala del departamento de Mariana, en un sofá blanco, ante una ventana por la que se colaba la brisa. Lo hicimos entre las dos, más yo que tú. Mariana Kelly era blanca con el pelo corto y negro, poseía una belleza agreste, unos ojos azules que mataban, era unos veinte centímetros más baja que Samantha. Se besaron suave. Tampoco yo me entiendo, murmuró Samantha. Tendrás que decirle a César. Será lo mejor. *Luigi* movió la cola.

Sonó el timbre. Esperaban a Ernesto Ponce, a quien Mariana odiaba cordialmente. Por favor, Sam, cinco minutos, recalcó con ansiedad. A Samantha le gustaba hacerla sufrir, explotaba sus celos y sus angustias cuanto era posible, así que rápidamente se recuperó y pensó que si el Gringo venía guapo le pediría que la llevara a cenar.

Pero el Gringo venía sucio y preocupado, sus joyas lo mostraban grotesco. Buenas noches, señorita Samantha; señorita Mariana, ¿cómo está? Bien, gracias. Qué pasó, por qué tanta prisa en verme, ¿no podías esperar hasta mañana?, le recriminó Samantha encendiendo un cigarrillo.

Ponce tomó asiento en un sillón de piel negro, diseño modernista, ubicado frente a ellas. Usted juzgue, señorita, son dos cosas: una, su padre no quiere pagar lo del Tany y temo que llegue a descubrir el enredo; hace unos días se lo planteé y me dejó con la palabra en la boca, ayer en la tarde me confirmó su negativa, además dijo que habíamos hecho tanto alboroto que había recibido una llamada de la PGR. Esos desgraciados, malditas sanguijuelas, a veces pienso que el idiota de Mendieta tiene razón, mantenemos a lo peor de lo peor, ¿y cuál es la otra? Tengo la impresión de que el Tany no fue; era muy hablador, acostumbraba contar cómo le hacía, cómo le pedían perdón hincados y ahora nada dijo. Tal vez te lo escabechaste antes de tiempo. Ernesto Ponce observó sus manos: vio su Mágnum disparando y a Contreras cayendo con un tiro en el corazón. Luego sus hombres lo castraron y le cortaron la lengua. Esa madrugada supo que el sicario se había acostado con la amante de uno de ellos y se estaba vengando. Como comprenderá, el asunto se ha complicado. ¿Lo crees? Pues yo necesito ese dinero. Yo también mi parte, pero no puedo seguir engañando a su padre, es mortal. ¿Identificaron el cadáver? Sí, pero ahí no hay problema, lo recogieron los muchachos y lo enterraron en un rancho, ¿quiere que le mande un regalo a Moisés Pineda, por lo que se pueda ofrecer?, en realidad ya lo había hecho. Déjalo así, no des de comer flores a los cerdos; entonces, si no fuimos nosotros, ¿quién fue, quién mató a Bruno Canizales? Mariana la observó con intensidad. Si no fue alguien que también le traía ganas, se suicidó. Olvida el suicidio, lo mataron con una bala de plata y no tenía pólvora en sus manos ni había un arma en la casa. Mariana se relajó, vio que habían pasado diez minutos e hizo un guiño a Samantha. Gringo, ¿me llevas a cenar? Ponce se atragantó: Será un placer, señorita. Mariana se puso lívida pero a Samantha le importó un comino, tomó su bolso y se puso de pie.

Luigi se volvió al Gringo y le gruñó.

Diecinueve

Mendieta vivía en la Col Pop, en una casa propiedad de su hermano Enrique. Tres habitaciones en un solo piso, cocina, cochera, sala de estar y un pequeño jardín en el patio. Ger, la mujer madura y robusta que la mantenía funcionando, lo despertó a las siete: Ándele, Zurdo, levántese, ¿quiere su machaca con huevo? Le traje unas tortillas de harina que nomás tientan y ya calenté el agua p'al Nescafé. Me dormí a las cuatro, vi tres películas, un reportaje sobre los cuatrocientos años del Quijote y un especial de John Lennon donde Yoko Ono enseña una teta. No le hace, los hombres deben levantarse temprano, tiene que arreglarse para ir a trabajar, ya le limpié la pistola y su ropa está lista. ¿La pistola? No es la primera vez que lo hago, no se olvide que mi padre fue militar y me enseñó. Pues a qué hora llegaste. No tengo reloj, lo que gano apenas me alcanza para comer y con lo caro que está todo qué me voy a andar comprando un reloj; levántese porque luego tengo que ir a una junta a la secundaria, parece que el Marco Antonio hizo de las suyas. ¿El hijo del Buki? Pues de quién más, si está igualito, ya hasta le está saliendo la barba al jodido plebe, y viera qué bonito canta. ¿Y tu hija? Cuál, la de Chespirito o la de Vicente Fernández, acuérdese que tengo dos. La de Chespirito. Se fue al DF a buscar al padre, lleva dos obras de teatro que escribió, a ver si le echa una mano, viera qué chistosas, apenas las empieza a leer y usted ya está llorando de la risa, imagine si logra presentarlas. Lo que sí no te creo es lo de Santana. Se lo juro por Dios, fue en Tijuana, estaba tan pasado que nomás no pudo, y Joan Manuel Serrat no se animó, ese hombre es un caballero, cómo me hubiera gustado tener un hijo de él, esa vez no le insistí porque andaba menstruando que si no, hubiera otro compositor en la familia.

¿Quiere más tortillas? Así está bien. Le voy a servir más café, ese trabajo suyo requiere energía, así que no me deje nada en el plato, y rasúrese, Zurdo, usted no está para andar como indigente, ayer lo dejé ir porque no había tiempo pero hoy no se va si no es como la gente, ¿le fue bien en Mazatlán? Más o menos, oye, no pretenderás que vuelva al baño. ¿Por qué no? Usted sale de aquí como un hombre cabal o no sale, ya le dije, su santa madre no me perdonaría dejarlo partir con esa facha. No tienes lucha, se puso de pie y fue a afeitarse.

En cuanto encendió el celular: Caballería, Mendieta. Pinche aguafiestas, ¿por qué te llevaste a la morrita?, tan bien que se la hubiera pasado, para empezar hubiera dormido calientita y muy bien atendida. Me confesó que le gustaste, que se quedará contigo en cuanto rebajes veinte kilos, que así como estás teme que sufras un infarto, qué hay de nuevo. Tu bailarín no aparece por ningún lado, sin embargo no ha salido del puerto, anoche hicimos una razia en el cerro del Crestón, donde está el faro, interrogamos a los detenidos y nada, ni siquiera lo conocen. Órale, mándame el informe por Internet. Mejor que venga Gris Toledo por él. Está bien, pero envíamelo primero.

En la oficina tenía recado de Guillermo Ortega. Pasó a su despacho, un lugar lleno de objetos, residuos de cientos de casos, al lado del laboratorio. Quihubo, maricón, oye, antes de que se me olvide, mi hijo necesita hacer un trabajo sobre *Pedro Páramo,* es un libro que debes tener, ¿se lo puedes prestar? Qué pinche codo me saliste, cómprale uno, no cuesta ni cien pesos. Pero si tú lo tienes para qué hago el gasto. Para que tengas un libro en casa. N'hombre, qué tal si el plebe se vuelve intelectual, pinche maldición. Aunque es un libro muy peligroso, no creo que pase nada, se parece tanto a ti el pobre que apuesto un huevo a que apenas leerá la portada. Para la falta que me ha hecho leerlo no creo que el cabrón esté en un error, sin embargo, prefiero no correr el riesgo y tú se lo vas a prestar y cierra el hocico; bueno, te busqué para darte dos datos, ya sé que vales madre y que jamás encontrarás al culpable. Los culpables me encuentran. Pues mientras sucede no quiero que quede por nosotros, ahí te va: los libros de *Noticias del imperio,* el que te di y el que tengo aquí, tienen demasiadas huellas de Paola Rodríguez, el que te di era de ella, si mal no recuerdo, también tienen huellas de él y otras desconocidas; en cuanto a las balas de plata, en Tucson hay una fábrica, ahí tienes la dirección y el teléfono, ahora bésame los huevos y no se te olvide el libro de Memo. Se me hace raro que no haya bajado la tarea de Google. Lo hizo, pero el mamerto del profesor lo torció. ¿No te digo?, igual de pendejo que el padre. Órale, güey, no te pases, con mi familia no te metas. A poco sigues creyendo que es tuya.

Abandonó el lugar con ganas de fumar.

En su escritorio encendió un cigarro.

Intentó evaluar las anotaciones en la Palm: «cas Brun Caniz Paol sem b cue». ¿Qué es esto? «Ripal aer 47. perfum, hi&j min Agric,gv sosp, Pao Rodrig, F aldan,p3 Queteco Vald, M Kell, Saman Val, Laura, 17-46Z%&f!¿tQ.» Le cayó virus a esta madre. La apagó y aventó al cajón derecho. Con la tecnología no bailo. Si Laura Frías tuviera razón, el asesino podría ser cualquiera de los mencionados, incluso Paola Rodríguez, que cumplió con creces su promesa; a ver, tengo a Paola, Samantha, Mariana, a Frank Aldana, al Queteco Valdés. Los de la PFU también pudieron hacerlo: Ripalda, Figueroa, Dania y la misma Laura. Como están los tiempos, un hombre al que todo el mundo adora resulta sospechoso, ¿de qué? De deidad cuando menos, por no decir de hipocresía. Si mataron a John Lennon que no maten a este infeliz, nadie puede quedar bien con todos, si no no se lo hubieran escabechado. ¿Nuevas amistades? Laura confesó desconocer el asunto, y dado que el tipo era agradable no hay que descartarlo. ¿Un sicario pagado por el padre? Motivos: para ganar la grande. Es posible, ¿por qué?, ¿qué sentimientos despierta un hombre con sus características en los que lo rodean? Un pan de dulce en ciertos días, según Beatriz, y un insoportable patán en otros, amoroso con los niños, buen amante, buen amigo; debo hablar con su madre, a quien llamó para decirle que era feliz.

Cuántas cosas es un ser humano. ¿Crimen pasional, venganza? Hasta ahora los sospechosos dan para eso, sin embargo, fue un balazo en la cabeza y no hay huellas de violencia insana, ese respeto al cadáver y al espacio vital indica otra cosa, no hubo profanación, ¿y las balas de plata?, ¿y la fragancia?, ¿alguna vez hubo un asesino aquí con balas de plata? No lo sabía. Tengo que llamar a Tucson.

Cada asesino manda un mensaje, ¿cuál es el de éste?, ¿cuál es su reto?, ¿a quién está desafiando?, encendió otro cigarrillo, ¿a la sociedad, a la Magisterial? ¿Era dueño de algo: tierras, casas, obras de arte?, ¿redactó testamento?

Entró Gris con una coca de dieta: ¿Gusta? Me oxido. Se comunicó con Tucson.

Después de dos voces femeninas le respondió el señor Gary Cooper, gerente general de la Tucson Weapon Ltd. Soy el detective Edgar Mendieta de la Policía Federal Preventiva de México, le voy a hacer unas preguntas. Hace años que no voy a México, la última vez que estuve allí recorrí unas carreteras devastadas llenas de perros muertos, parecían caminos vecinales. El detective ignoró el comentario y fue al grano: ¿Cuántos clientes mexicanos tiene? No daré nombres de mis clientes, ni cantidad, ¿qué se cree? Sólo quiero saber si algunos le compran. Más de los que usted imagina, sólo diré eso, no puedo perder mi tiempo charlando con un agente de la Policía más corrupta del mundo. ¿En Sinaloa, cuántos? Unos veinte, y como le digo no le daré un solo nombre. ¿Todos le compran balas de plata? Es usted un idiota, el policía más estúpido que he escuchado en mi vida. Eso se lo repite a los chicos de la Interpol que se están matando por hacerle una visita. Que vengan, tengo todo en regla y usted no tiene derecho a molestarme. Mendieta cambió de táctica: Le ofrezco disculpas, señor Cooper, y le agradezco su cooperación, ocurre que tenemos a un loco matando norteamericanos con balas de plata y el FBI nos solicitó cooperar, con lo que me ha dicho es suficiente y como estoy seguro de que le gusta cazar, me comprometo a guiarlo por la sierra de las Siete Gotas donde abundan el venado, el tigrillo y la onza. He escuchado de esa zona. Pues prepárese para noviembre cuando empieza la temporada, la Policía Federal Preventiva lo invita. Entiendo, deme una dirección de Internet; ah, y cuénteles a sus amigos de Interpol que he cooperado. No se preocupe, la Policía mexicana tiene el control.

Una hora después imprimió una lista con dieciocho nombres.

Buscó en el directorio telefónico a Carlos Alvarado, el primero. Agrícola Culiacán, respondió una mujer. Con el señor Alvarado, por favor. El grande o el chico. El grande. Escuchó una voz amigable: A sus órdenes. Mi nombre es Bond, James Bond, pensó, pero dijo: Edgar Mendieta, de la policía ministerial del estado, usted compra balas de plata en Tucson, ¿en qué las usa? Ah, ya me había usted asustado, cuando a uno lo llama la Policía puede ser cualquier cosa y no se ofenda, por favor; fíjese que sí, hace unos cinco años acompañé a mi compadre Federico Villegas, que en paz descanse, a Tucson, a él le gustaba regalar esas balas y compré una caja, todavía la tengo completa, si gusta pasar a mi casa a verla, ahí sigue en una vitrina como cosa rara. ¿Qué tanto hace que murió su compadre? Va para tres años. Me puede dar el teléfono de algún familiar. Cómo no, de mi comadre Ernestina, 513-98-31, vive en la Chapule, por la doctor Romero, son los dueños de Implementos Agrícolas Villegas, una empresa de gran tradición en el valle. ¿Sabe de algún otro a quien le guste disparar balas de plata? De disparar, a todos nos gusta, pero son caras, hace cinco años yo pagué unos treinta dólares por bala, imagínese, apenas para regalo. Le agradezco su colaboración don Carlos. Perdón, teniente Mendieta, antes de despedirnos, ¿qué hay de la muerte del hijo del ingeniero Canizales? No lo divulgue, pero estamos a punto de echarle flit al asesino. Es muy importante para nosotros informarnos del curso de los acontecimientos, ya sabe que queremos al ingeniero en Palacio, ¿verdad? Es el lugar perfecto para él. Es lo que pensamos los agricultores. Gracias de nuevo, don Carlos. Lo que se le ofrezca, capitán, estamos para servirle.

Gris y Angelita localizaron al resto. Once fallecidos, y salvo don Carlos y su comadre Ernestina de Villegas que andaba de viaje, el resto vivía en Estados Unidos y resultaba costoso localizarlos. Estudiaron la lista y ninguno tenía antecedentes penales, eran mayores y pertenecían a familias tradicionalmente poderosas. Si continuaban por allí no sería con esa relación obsoleta, ¿existía una lista de jóvenes?, ¿dónde compraban sus municiones? Detectó la imposibilidad y decidió abandonar, por el momento, esa línea de investigación. Seguirían otra ruta. Recordó que ningún experto sigue las evidencias, que en su oficio la verdad siempre está en donde no debe.

Con esta idea regresó a la casa de Canizales.

¿Qué buscaba? Ojalá lo supiera.

Veinte

Figueroa tomó la palabra: Los he llamado temprano, porque creo que debemos presionar para que el asesino de nuestro compañero Bruno Canizales reciba su merecido, si lo dejamos, y dada la incompetencia de la Policía, lo más seguro es que archiven el caso. Moreno, delgado, vestía de blanco. No lo debemos permitir, mandemos cartas a los periódicos, hablemos a la radio exponiendo el problema, hagamos patente nuestra inconformidad; nombremos dos comisiones: una para que informe en la oficina de Derechos Humanos y otra para que platique con el policía que está a cargo o con la muchacha, la agente Toledo, que es su asistente; en caso de que hagan oídos sordos nos dirigiremos a su jefe, que lo deben tener o al procurador. En una habitación blanca de la PFU unas diez personas lo escuchaban sin interés; sólo Laura Frías y Dania Estrada se hallaban atentas, la segunda tomó la palabra: Estamos de acuerdo, nuestra organización no debe permanecer pasiva ante esta desgracia, aunque la pérdida de nuestro amigo es irreparable, no permitamos que quede impune. Laura y yo buscaremos al policía y a la agente Toledo, la que nos tomó los datos en casa de Bruno; a ver, ¿quién se propone para hacer la carta para la prensa? Nadie. Una mosca se posó en un zapato. ¿Para ir a Derechos Humanos? Tampoco. Haré la carta, aceptó Figueroa, la llevaré e iré a Derechos Humanos, en memoria de nuestro compañero y de la sanidad de la PFU, y ahora pasemos a asuntos generales, el primer punto es ¿debe continuar viniendo el doctor Ripalda? Como nadie opinaba, él mismo dijo que sí, porque la meditación era muy importante para el crecimiento espiritual de cada uno y que el nuevo mundo así lo demandaba, que de momento podía hospedarse en su casa. Luego disertó sobre el calentamiento global y los agujeros de ozono sin que nadie le hiciera caso.

Saliendo de la reunión Laura le marcó a Mendieta, pero su celular estaba apagado.

Veintiuno

Tres de la tarde. El sol resplandecía. En la librería México de la avenida Obregón compró un ejemplar de *Pedro Páramo*. Antes de llegar a la casa de Canizales se detuvo en El Cotorra de la R para echarse un ceviche con dos cervezas y un plato de caracol que le cayó pesado. Como dice Rudy, reflexionó, la comida para que sea buena debe hacer un poquito de daño.

Se estacionó frente a la entrada. La cinta amarilla se hallaba en el suelo y no había guardias. Sin moverse del asiento, observó la fachada, la puerta, la cochera descubierta, el carro, las flores y la reja blanca. Aquí mataron a un hombre hace unos días, repasó, alguien que lo conocía entró por esa puerta y le pegó un tiro, alguien de su confianza, ¿venía con él, lo esperaba adentro o afuera?, ¿llegó después?, ¿por qué? Aunque estamos a punto de considerar a Aldana culpable por culero, algo me dice que él no fue; los asesinos carecen de algo que él tiene a mares: aptitud para la tristeza. Además no parece crimen pasional; ellos saben cómo los tenemos clasificados, ¿modificó la forma? Pues sí, pinche Palm, tendré que anotar en una libreta. Perfume. El criminal llegó con él y lo mató sin que se pusiera la piyama; no, lo esperaba; no, lo mató de pie y lo sostuvo; después lo acostó. Lástima que Montaño no haya podido analizar sus jugos gástricos ni los otros, sin embargo hubiera sido lo mismo, sospecho que en este caso esas evidencias no ayudarían a encontrar al asesino. Ese balazo está tan bien puesto que lo recibió inerme; ¿había pólvora en su cara? Digo, si le dispararon de cerca algo debería quedar; ¿y si fueron los narcos? Ésos habrían hecho un estropicio y más si los mandó el Queteco Valdés, que como tiene el control no sabe medirse. Tampoco vamos a saber lo de la pólvora. Paola, ¿lo mataste y luego te suicidaste como lo prometiste? A ver, cuéntame; sin embargo, llamaste después de las 4:30, ¿para qué? Claro, porque no fuiste tú. ¿Quién vende balas de plata en la ciudad? Don Carlos las tiene todas. Mariana Kelly nació en Guadalajara, en mayo cumplirá treinta y cuatro, ¿sería ella la que consiguió las municiones?, ¿alguien contrató a un pistolero?, ¿quién o quiénes que no aparecen en este esquema se encargaron del sacrificio? El padre que quiere ser presidente, el hermano que lo imitaba, el abogado que es un cabrón, los de la PFU, Laura, un ladrón domiciliario, Alfaro, su asistente, un chico que levantó en el bulevar Sinaloa, yo mismo, los encobijados, Gris, Pineda. Todos somos culpables hasta que no se demuestre lo contrario. Debo interrogar al Queteco Valdés.

Bajó del auto y fue a ver el sedán estacionado en la cochera. Entre las rosas marchitas un botón rojo señoriteaba. Los cristales se hallaban sucios, insectos embarrados, esa suciedad típica de la carretera, igual la parrilla delantera; es muy ordenado y el carro está hecho un asco. Anotó en una libreta pequeña: «carro sucio». Ya aprendería a usar la Palm. Abrió la puerta azul de la casa que según Dactilografía contenía las huellas de Jack el Destripador, o sea, todas las que es posible dejar en el mundo y ubiquen las del culpable si pueden. En la sala vio el cuadro de Kijano matizado de gris alrededor de una ninfa pelirroja. Cada trazo era un llamado a la vida, a la sensualidad, al placer de ser humano. ¿Paola Rodríguez? Tal vez. A pesar de la finura de las formas, el pintor logró crear el vacío que mostraba en las fotos de su habitación y lo proyectó en los ojos.

¿Te acostarías con una mujer triste? Nunca, las prefiero con voz almidonada.

El cuarto de visitas resplandecía impoluto. El baño igual. Nada fuera de lugar. El estudio lo mismo. La caja de la computadora en su sitio. Abrió los cajones uno a uno. Pocos papeles. Se detuvo en un recibo telefónico de diciembre. Llamadas locales. Larga distancia a México, DF, y a Palm Springs el 24. Se lo guardó.

La habitación donde encontraron el cadáver mantenía el mismo aspecto, ni siquiera habían retirado las sábanas del sillón o saneado. Repasó, primero en su mente, después la realidad que tenía enfrente. Tuvo la sensación de que no coincidían pero no supo profundizar.

Marcó el celular de Guillermo Ortega. No respondió. Después a su casa. Su mujer le advirtió que se hallaba en plena siesta. Sarita, levántalo por favor, tengo una consulta urgente. Zurdo, ¿qué tienen pensado?, me van a matar al hombre, el pobre casi no descansa, ahora parece que la gente se mata más que antes y mi pobre viejo tiene que ver cada caso, ¿crees que esos encobijados de todos los días no lo tienen harto? Por favor, Sarita, es rápido, me responde y se vuelve a dormir, te lo prometo. Tú, porque no tienes quién te cuide. Anda, no seas mala, ya se hubiera acostado. Ay, Zurdo, qué desconsiderado eres. Más te vale que sea algo importante, era la voz de Ortega. ¿Estás despierto? Esta vieja mentecata me sacudió con sus gritos. Okey, pregunta: ¿revisaron el carro de Canizales? Creo que sí, un

117

Vectra 2004 o 2005, impecable por dentro, lleno de telarañas por fuera, al rato te mando el resultado. ¿Y las otras habitaciones? También, pero no encontramos nada, ya ves que prácticamente nos echaron. Oye, hazme un favor grande, hay un olor que me está provocando, lo detecté en la habitación de Canizales y no lo puedo olvidar, aún huele, es un aroma raro, fuerte, picante, tal vez nos ayude. ¿Por qué te gusta tanto hacerme trabajar doble? Para que no te crezca la panza. Lo que me está creciendo es otra cosa. Gracias, viejo, que sueñes con los angelitos.

Al entrar a su oficina, caballería: Qué haces, huevón. Trabajar como idiota, este año sí me gano la estrellita. Qué ambicioso me saliste, y con el jefecito que te pusieron, ¿no? No critiques a mi jefe, cabrón, no lo conoces, es el mejor conciliador del mundo. Y tiene cara de mis huevos. Eso lo sabrán tú y él. Oye, con la novedad de que tu bailarín se esfumó y voy a ocuparme del caso de dos pescadores acribillados en alta mar con cuerno de chivo, ya te imaginarás por dónde va el asunto; esta mañana fui a la escuela de danza y conversé con los compañeros de Aldana, oye, qué buenas viejas hay allí, por Dios que me importa madre el infarto, salí bien lampareado, esa directora es un cuero. Deberías tomar un curso. Que lo tome tu madre que en paz descanse, rieron; total que ellas lo vieron normal todo el tiempo, el viernes bastante cansado al igual que los demás, uno de ellos cree haberlo visto alrededor de las doce de la noche saliendo del Shrimp Bucket con un varón más alto que él, pero no está seguro; por los tiempos es fácil que haya ido y regresado a Culiacán para perpetrar el asesinato; muchas veces comió en el café Altazor, le pregunté al dueño, un periodista que siempre anda enojado, comentó que lo vio salir corriendo de la escuela, subir a un taxi, una «pulmonía», y desaparecer rumbo a los muelles; es todo. Te lo agradezco. Espero que entiendas que estoy haciendo méritos para que me traigas a la compañera Toledo, me gustan su trasero y esas chichitas paradas para terminarme de criar. Órale. ¿Qué hacía de agente de tránsito esa mujer? Orientar a la gente para cruzar las calles. ¿De quién fue la idea de hacerla policía? Mía, posee una inteligencia espacial que ya quisiéramos la mayoría. Excepto tú, que hasta fuiste a la universidad. Y tú que pasaste por enfrente. Bueno, pues razón de más para que nos entendamos, nos casemos y tengamos muchos hijos con inteligencia espacial de los que serás el afortunado padrino, oye, ¿y la güera? ¿Qué güera? Bésame los huevos, güey, sigue haciéndote pendejo y verás a lo que llegas. No exageres. Nos vemos. No olvides tu protector solar.

Angelita desde la puerta: Jefe, lo busca el señor Abelardo Rodríguez, dice que es el papá de Paola, ¿se le ofrece algo? Si vas al Oxxo me traes un café, le alargó un billete, ¿y Gris? Fue por su coca de dieta, ¿me dispara una? Hasta dos si te apetece.

Entró el señor Rodríguez en ropa de trabajo color caqui y zapatos de constructor, olía a alcohol. Lo prometido es deuda, teniente Mendieta, aquí está el permiso, se lo dejo o le saca copia. Siéntese un momento, señor Rodríguez, ¿gusta un refresco? ¿Tiene café? No se lo recomiendo, nuestro presupuesto apenas da para agua pintada. Ése no es problema, tomó asiento en una pequeña silla a un lado de una mesa sobre la que se empolvaba una computadora averiada. Usted sabe que siempre traigo mi bastimento, pasó por alto la insinuación. Veo que anda trabajando. A pesar de mi tristeza la vida sigue, ¿cómo va el caso del licenciado Canizales? Con pies de plomo, resultó bastante escurridizo el matarife, pero va a caer, estamos seguros. Eso escuché en *Vigilantes nocturnos,* que usted está en la pista correcta. Esos periodistas se la pasan fantaseando, no les crea. Ojalá y se resuelva y que no afecte al ingeniero, que como usted debe saber, está buscando ser el candidato emergente de su partido para la grande. Sería el candidato idóneo. Falta que lo dejen. Señor Rodríguez, lo detuve porque guardo un par de preguntas sobre el deceso de su hija, no había querido molestarlo, sin embargo, ya que está aquí: ¿cree que la muerte de Canizales y la de su hija tengan alguna relación? Lo he pensado tanto, ya ve lo que dice Beatriz de que lo amenazó si la dejaba y eso, pero no termino de creerlo. Al tipo lo mataron con una bala de plata. Fíjese nomás, ¿dónde iba mi hija a conseguir eso? ¿Dónde aprendió Paola a disparar? Yo la enseñé cuando era jovencita, construimos una casa en la sierra y allí practicó varios días; después me di cuenta de que era depresiva y me arrepentí, desgraciadamente no tenía remedio. La noche previa a su fallecimiento, ¿habló con ella? No, incluso no cenó con nosotros, había por ahí algunas dificultades con la madre y ella muchas veces prefería cenar sola. ¿Salió usted esa noche o se acostó temprano? Salí a eso de las nueve, tenía que amarrar un negocio en Tijuana alrededor de esa hora, ya ve que allá es una hora menos, y en mi casa no tengo equipo de cómputo con cámara instalada; regresé al filo de la medianoche. Alguien estuvo con usted en su oficina. El velador, todo lo respondía con aplomo. Señor Rodríguez, muchas gracias, deje el permiso por favor, luego se lo llevo a su domicilio. Aunque estamos con nuestro dolor, será un gusto invitarle un trago en los vasos correctos, esos de plástico casi fueron un insulto. Encantado de repetir la experiencia, ¿su esposa está bien? Lo superará, a la que veo más triste es a mi hija, me está pidiendo permiso para estudiar teatro en la ciudad de México. Es duro perder a un familiar. Eran uña y carne ellas, así que lo más probable es que la deje ir, si no pude apoyar a Paola para España, con Beatriz me voy a esforzar. Parece una decisión acertada. Ah, la obra en que sale se llama *Muchacha del alma,* la fui a ver ayer. ¿Me la recomienda? No mucho, hay demasiado manoseo y mi hija allí. Se despidieron.

El permiso había sido expedido por la Secretaría de la Defensa Nacional y estaba vigente.

Se hallaba sin ganas de seguir en su oficina y era muy temprano para echarse un trago. Intentó aclararse el panorama consultando la libreta pero fue peor que con la Palm. ¿Qué me pasa, me he convertido en un estúpido? Así que se escabulló y veintidós minutos después se encontraba en el cine, viendo *Capote.* Intentó comprar palomitas pero un escalofrío le recorrió el cuerpo.

Veintidós

Seis de la mañana. Minerva entró en la reducida oficina de su marido con un café humeante. Valdés hacía cuentas en un cuaderno Polito de cien páginas, el escritorio se hallaba cubierto de pacas de dólares de distintas denominaciones. Buenos días, ¿cómo amaneció el señor? Ese aroma me mata, el viejo cogió la taza y lo probó. ¿Lo quieres tomar aquí? porque tienes visita. ¿Quién? Hildegardo Canizales, dice que ya quedaron. Es cierto, llama a Ulises, que haga los pagos correspondientes, lo demás que lo deposite en cualquiera de los tres bancos que le indico y que después haga la transferencia. ¿Islas Caimán o Suiza? Estados Unidos, allí están más seguros, él ya sabe, si tiene alguna duda todo está aquí, señaló el cuaderno que se encontraba sobre el dinero. Pasa al ingeniero a la salita del jardín. ¿Lo vamos a apoyar? Veremos qué ofrece. No lo ilusiones demasiado, ya sabes lo que se dice de esa salita: que al que recibes allí lo consigue todo. Te consta que allí he hablado con los otros. No me gustaría que se desvirtuara. A propósito, creo que no nos iremos al rancho. ¿Por qué? Está muy batida el agua, me avisaron anoche que el Gobierno Federal se pondrá perro. ¿Y? No puedo desaparecer sin negociar el nuevo orden. ¿Qué harás? Proponer la legalización del tráfico, sonrió. ¿Crees que te harán caso? Claro que no, sonrió también. Entiendo.

Hildegardo Canizales aceptó el pésame del Capo con gesto compungido: Gracias, don Marcelo, era mi orgullo, un chico excelente, con un futuro promisorio; es difícil aceptar los designios del Señor, pero qué le vamos a hacer. Seguir adelante, ingeniero, no hay de otra, la vida sigue y nosotros con ella, dígame para qué soy bueno. Tomaron asiento, Valdés sirvió café de un termo a su invitado y bebió de su taza, los guaruras atentos. Miembros de los tres sectores de mi partido están interesados en que vaya por la grande, después del sepelio de mi hijo estuvieron en casa con el planteamiento, al principio les dije que no y sonrieron, les tuve que prometer que lo pensaría, insistieron en que no tenía nada que pensar, hizo una pausa, Valdés lo observaba con neutralidad, les hice ver que no podía tomar una decisión tan trascendente sin consultarlo a usted y ése es el motivo de mi visita. Valdés hizo un gesto aprobatorio, bebió café: Sería extraordinario que lo pudiéramos tener a usted en esa silla, el tipo de su partido que la busca no me gusta nada. Pues usted dirá, desde ahora el asunto está en sus manos. El Capo hizo un gesto afirmativo, comprendía que Canizales era buen candidato, cuando menos mejor de los que habían llegado en busca de cobijo y superior al que en ese momento andaba en campaña; tal vez valdría la pena arriesgar los dos mil millones de dólares que costaba poner un aspirante en la silla. Tal vez. Ingeniero, celebro su pretensión y estoy dispuesto a invertir lo que sea necesario, sólo le voy a poner una condición. Usted manda, don Marcelo, se lo dije y se lo reitero. Quiero que también le entren los banqueros y los iniciativos, porque resulta que nunca arriesgan y siempre llegan por su rebanada cuando el pastel está en su punto y como usted bien sabe no tienen llenadera. Cuente con ello, don Marcelo. Le pasaré una lista para que sepa quiénes quiero que participen. Bebieron de nuevo. Hay un punto que me inquieta, ingeniero, ahora la mirada era dura, si vamos a buscar la grande, no creo que le beneficie que lo de su hijo esté apareciendo en los medios todos los días. Eso tiene remedio, señor Valdés, no se preocupe, el procurador Bracamontes sueña con un ascenso y sería capaz de cualquier cosa por obtenerlo. No estaría nada mal.

Cuando abandonaron la pequeña sala, Canizales lucía radiante. Así lo vio el Gringo desde la puerta de la pequeña oficina, donde ayudaba a Ulises a mover las maletas colmadas de billetes.

Valdés también se veía bien.

Veintitrés

Al salir de Citicinemas encendió el celular y enseguida sonó la conocida fanfarria de la caballería. ¿Jefe, dónde se ha metido? Fui a misa. No andará tomando tan temprano, ¿verdad? Soy medio abstemio, padezco ese anacronismo. Pues que no se le pase la mano; oiga, dos cosas: no se olvide que el sábado me voy con el Rodo a celebrar su cumple, a lo mejor salimos de la ciudad, ¿cree que me pueda ir el viernes por la tarde? Veremos, ¿y la otra? Llamó Mariana Kelly, dice que está lista, que lo espera esta noche en su casa, a las nueve, ¿quiere que lo acompañe? No, llama a Laura Frías y visítala en su domicilio, tal vez no me reveló todo sobre Canizales, husmea un poco por ahí. ¿Qué buscamos? No sé, indicios les llaman, pero realmente no sé, usa tu cabeza; ¿Mariana dejó su número? Anote. Llámale, dile que allí estaré, ¿mandó Ortega algo? Ah, sí, sobre los patios frontal y posterior, sobre el carro y la cochera; lo del carro es interesante, encontraron recibos de la caseta de cobro de la autopista Culiacán-Mazatlán fechadas en la noche en que lo mataron, los tenían en una bolsa que no habían revisado, cómo la ve. Interesante, se me antoja que no vino Aldana, fue Canizales quien viajó. Pero igual es culpable, ¿no? Por supuesto, jamás le perdonaremos lo que nos hizo. Le voy a dejar el informe sobre su escritorio. Y no te preocupes, descansa para

127

que el sábado no te falten energías, ah, consígueme una cita con la madre, me gustaría hablar con ella para que profundice su acusación. A propósito, volví al Seguro Social, no estaba Mónica pero una de las secretarias me contó que el día fatal, antes de retirarse, un joven furibundo reclamó al licenciado su abandono, amenazándolo con matarse. Otro que piensa que no podrían vivir sin él, ¿qué le pasa a la gente?, ¿por qué se cree imprescindible?, investiga su domicilio y mañana le hacemos una visita, ahora busca a Laura. Y usted no ande de vago por ahí. Al paso que vamos pronto en el mundo sólo habrá chinos, así que hay que aprovechar; ah, llama a las oficinas de Rodríguez, pregúntale al velador hasta qué horas estuvo allí el jueves su patrón. Okey, si me necesita me llama; un dato, hace seis meses Mariana Kelly tomó un curso de tiro al blanco en Phoenix.

Después de unos minutos el celular sonó de nuevo, el detective continuaba en el estacionamiento del cine reflexionando sobre Capote, en el tema de las relaciones homosexuales que invariablemente le traía recuerdos indeseables. Bardominos vestido de blanco, abrochado hasta el último botón de la camisa. Mendieta. ¿Puedo verlo? Claro, ¿hay algo nuevo? Quiero presionarlo para que encuentre al culpable de la muerte de Bruno. ¿Qué has pensado? En un masaje marca Llorarás. Paso. En realidad no queremos que la muerte de nuestro amigo quede impune. Dile a los que te mandaron a presionarme que estamos haciendo lo imposible y que nos está saliendo muy bien. ¿Y si le digo que fue idea mía? Mentirías y peligraría tu decoro, en lo que estoy de acuerdo es en vernos, me gustaría que me contaras más sobre la relación de Canizales con Samantha Valdés, qué te parece si desayunamos mañana a las nueve.

¿Dónde? En el Miró, puedes comer otra ensalada. Y usted otro sándwich de porquería, ¿puede ser a las once?

Se despidieron sonrientes. El detective pensó que ya era hora de saber algo de los padres fuera de los documentos oficiales.

La iluminación donde vivía Mariana Kelly era suave. Se estacionó en la calle y tomó el elevador hasta el tercer piso. Silencio. Fragancia de bosque. Le abrió Goga Fox y casi se le caen los calzones. Había caído en una trampa, ¿desenfundar?, ¿gritar desaforadamente?, ¿pedir refuerzos? Nada, cualquier intento sería inútil.

Trece meses atrás.

En una fiesta en Altata, invitado por Omar Briseño, a quien acababan de ascender, la vio por primera vez. Hermosa como la primera noche con el amor de tu vida. Alta, rostro fino y sensual, cabello platino, muy corto. Departía con otras señoras mientras los hombres hablaban de negocios, política y futbol. Debe ser la esposa de alguno de estos patanes, pensó y sintió nervios con sólo verla. Ella escuchaba atenta a sus acompañantes, las animaba con una sonrisa fresca o afirmaba con cautela. En el cuarto whisky, Mendieta salió al patio frontal donde calafateaban dos lanchas grandes y alcanzó la playa sutilmente iluminada por un farol sucio de arena y lo suficiente por la luna llena. El mar de noche es el pasado remoto, discernió, inescrutable pero móvil, lleno de portugueses capitaneados por Fernando de Magallanes dando la vuelta al día en ochenta mundos. El mar es un buen lugar para ser hombre y no morir en el intento.

Perdón, creo que me equivoqué, musitó con la boca seca y con el corazón desbocado. ¿No saludas, Edgar Mendieta? Quería besarla, desnudarla, hacerle el amor allí mismo como imaginó el inventor de las puertas corredizas; ver una vez más su cuerpo delgado dirigirse al baño con ese paso perturbador que mataba; tenía la extraña costumbre de lavarse inmediatamente después del acto sexual y crear ese espectáculo de palmera. Qué sorpresa, le besó la mejilla derecha. En Europa besan las dos y hay desconcierto cuando alguien besa sólo una, acercó su rostro, él obedeció. El mismo perfume. La falda roja, la blusa blanca con estampado pérsimo. Referentes rebotando en una mesa de ping-pong. Lo aturdieron el aroma, la sonrisa, su mirada; esa fragancia propia, creada con esencia de rosas y, ¿qué era lo otro? Lo percibía con el estómago.

O estás triste o eres poeta. ¿Por qué no escultor? No sabía si mirar su pelo resplandeciente bajo la luna o su sonrisa. Te ves más sereno que ellos. Por esos días, y gracias al doctor Parra, tenía el control absoluto de sus angustias. ¿Caminamos? Me llamo Edgar Mendieta y estoy a punto de convertirme en hombre lobo. Georgina Fox, me dicen Goga, ¿qué debo hacer para que no me ataques? Hablar bonito. Ya veo, eres de los que piensan que una mujer cerca arregla el mundo. Mendieta no era de ésos. Al contrario, creo que si el mundo estuviera gobernado por mujeres el caos sería generalizado. ¿Aún más de como está? No creo. ¿Has bebido Gogacola? No, ¿existe algo así? Una bebida viscosa y transparente, hay dulce y ácida. ¿Dónde la venden?, tengo que probarla. Ya te lo diré, quería expresarle que olía arrebatador pero no se atrevió, ¿qué provoca en una mujer el elogio a su perfume? No lo sabía.

Iba a repetir que se había equivocado pero atrás de Goga aparecieron Samantha Valdés y Mariana Kelly con cara de traviesas: Hola, comandante, ¿cómo va la vida heroica?, ¿es usted héroe anónimo o héroe epónimo? Buenas noches, emitió Mariana con una sonrisa fría y profundas ojeras, a pesar de lo cabrón que eres no te puedes quejar del recibimiento, ¿eh, poli? Samantha lo observaba, iban de salida, atrás de Goga, *Luigi* movía la cola. Querida, nosotras tenemos compromisos que cumplir, hay un par de tipejos a quienes matar con balas de plata y seguro ustedes querrán seguir charlando, poniéndose al día, así que si saben contar no cuenten con nosotras, ah, y como el perro es educado, en cuanto ve a dos personas besarse, desaparece. Luego los dejaron allí, en la puerta, ¿sentía ganas de pararlas y reclamarles el abuso? Ni lo consideró, ¿iba a detenerlas antes de que tomaran el elevador? Tampoco, ¿se largaría a tomarse unos tragos para aclarar las ideas? Dios mío, en cuántos vericuetos metes a tus hijos. Todo humano muerde los lápices. Se quedó viendo cómo se alejaban y después se volvió a Goga, quien le estaba cediendo el paso con una caravana.

Una semana después, con la boca seca y taquicardia la esperaba en el estacionamiento del supermercado Ley Tres Ríos, a las nueve y veinte como habían acordado. La vio bajar del Audi A6, dar la lista del súper al chico de la boina negra y encaminarse al Jetta blanco: blusa blanca estampada, falda roja volada: estupenda señal.

No imaginé que se conocieran. Desde niñas fuimos compañeras en el Monfe. ¿Son amantes desde entonces? Fuiste al grano, espero que no estés en decadencia como investigador, echó hielo en dos vasos y sirvió whisky, la respuesta es sí; Mariana siempre estuvo definida, Samantha menos, por eso se casó y vivió toda esa experiencia brutal, según ella, con el marido; pero nunca dejaron de estar juntas y allí siguen, salud, porque estás igual. Salud, iba a decir porque la encontraba más hermosa pero aún no se reponía. *Luigi* los miraba expectante, cerca del sillón.

Ella no quería ir a un motel pero como él no tenía amigos con casas adecuadas terminaron en uno. Abrieron la puerta y se recibieron a besos: besos que erizaban los párpados, la piel, el vello púbico, que ocultaban los compromisos, los sueños, que despojaban de la ropa, el futuro, la inteligencia. Cuerpo duro y perfumado, senos exactos y fue descubrir su manera de ser. Todo lo que develan los orgasmos, los labios entreabiertos y los ojos cerrados. Ella se levantó y enfiló hacia el baño y por primera vez vio ese trasero magnífico caminando a lavarse.

Goga lo besó terciopelo pero él seguía frío, indómito, desconcertado. Vio la barba de Parra aconsejar y una habitación oscura. En realidad pretendía mantener distancia; según él, como si no hubiera leído *El amor en los tiempos del cólera*, había sufrido demasiado. Se sentaron juntos frente al perro.

Veo que me guardas rencor, expresó ella mirándolo a los ojos. Mendieta se observó las manos y agitó el vaso, se reconoció endeble, sin palabras precisas para externar su confusión: ¿Cuándo regresaste? El lunes por la noche, el detective probó su bebida, su corazón galopaba. El negro te queda muy bien, ya te lo he dicho, ¿verdad? Asintió. Cuando se agolpan las razones jamás sabes cuál esgrimir, quería decirle que entendía el mensaje de su ropa pero seguía trabado. Comprendo, expresó ella y se bebió su vaso de un golpe.

Durante cuatro meses se vieron una vez a la semana.

Era feliz. Por primera vez en muchos años había logrado librarse de las telarañas, ella lo disfrutaba. Un día se largó. Recorrió su calle, hizo guardia en su casa vacía, se hizo cliente del Miró y hasta el chico de la boina negra fue testigo de su desconsuelo. Lo peor: una noche se hizo presente Bardominos con mayor fuerza y regresó con Parra. Espero que estén de acuerdo en que es una situación desesperante. Se encontraba tan clavado que consideró una acción heroica resistir sin investigar. Resultó que el marido se convirtió en productor en Hollywood y que vivían en Los Ángeles, fue una verdadera hazaña no comprar un VTP y salir pitando en su búsqueda.

Vivo en Santa Mónica, se sirvió de nuevo, estaré aquí dos semanas y por lo pronto tenemos la noche por delante, las muchachas dormirán en casa de Samantha, se acepta cualquier propuesta por más indecorosa que sea, se acomodó en el sofá descubriendo el 87 por ciento de sus piernas. Mi hombre lobo. Mendieta percibía que se le acababa el mundo. Los antiguos tenían razón, la tierra es plana y termina en una gran cascada, ¿cuál era la canción que cantaba ella? Cuánto hubiera dado por que eso hubiera ocurrido medio año antes, *Tengo testigos: la madrugada, un perro, el frío,* es demasiado tarde, pensó, y él no era mujeriego, se puso de pie, aterrado: Me voy, ha sido un placer verte, de veras, hizo una pausa, no puedo quedarme, no puedo ir en contra de mis convicciones. Edgar, no tienes por qué marcharte, somos gente madura, capaz de ubicarnos en cualquier contexto, de evaluar nuestra relación con lucidez, pero él no la escuchó, no quiso, no pudo, dejó su vaso sobre una credenza, abrió la puerta y se largó por la escalera, sin ver al *Luigi* que no paraba de menear su cola.

Se metió al bar del hotel Lucerna, donde bebió y lloró como los hombres, junto a unos aficionados encrespados que veían cómo la selección mexicana de futbol era derrotada por la de Estados Unidos en serie de penaltis.

Pues sí, ni modo ni que qué.

Veinticuatro

Doce de la noche.

Mi poli, ¿es usted? ¿Quién más? Christina Aguilera, por ejemplo, que está a punto de tener un hijo mío. Ah. ¿Está borracho? Cómo crees, qué pasó. Hoy amanecí con un ataque de decencia, empeoré durante el día y en este momento no resisto más, quiero hacer un servicio a la sociedad. No me digas. No pregunte. ¿Llamaste a la Sociedad Protectora de Animales? Quise contarles pero me mandaron con usted, con el Zurdo Mendieta, el placa más prendido de la ciudad. ¿Quieres confesar? De verdad lo escucho muy atrabancado, mi poli, ¿le pasa algo? Nada y te estoy oyendo. A ver, haga un cuatro. Anda, suelta, ¿por qué llamas a esta hora? La noche que mataron al enemigo estaba cerca de su casa y tal vez haya oído un disparo y visto al que lo hizo, ¿me oyó? Continúa. Lo apantallé, no se haga, ¿por qué se emborrachó? Por un amor. Igual que yo, pero me alivané y le aconsejo que haga lo mismo, quiere una línea o no es más que un poli romántico fiel a la mota. ¿Sabes que te puedo encerrar quince años por ocultar información y siete por drogadicto? ¿Sabe que mi padre me sacaría en siete minutos por cualquiera de las dos causas? ¿Quién es? La vieja Inés, investigue, mi poli, ¿por algo anda en el ajo, no?, ¿su morra también murió? Casi. Esto es vivir en el infierno, mi poli, a poco no, en mi perra vida me había sentido tan gacho, por eso quiero que haga su arresto y lo declaren el poli del mes y le den un cheque para que no le falte el perico y la cerveza y pueda sobrellevar su pena. Tú dirás. No se lo voy a decir por teléfono, puede que haya pájaros en el alambre, sólo le adelantaré que el día que se hizo la machaca vi salir a la reina de su casa, serían las tres y media de la madrugada, me trepé a mi baika y ahí te voy, imaginaba adónde se dirigía, le hice plantón en la casa del enemigo pero nunca llegó, lo que vi le va a costar una lana, ¿le parece la mitad del cheque que va a recibir? Es justo. Usted dice dónde nos vemos, ah y que sea mañana, porque ahora estoy leyendo, ¿sabe qué me dejó de herencia, mi morra?, un libro. ¿Y crees que te quería esa mujer?; alguien que te pone a leer te odia desde lo más profundo de su ser. Calle boca, mi poli, calle boca. ¿Viste entrar o salir al asesino? Qué pasó, mi poli, no sea gandalla, mañana le voy a soltar la sopa, pero por la tarde porque en el día voy a estar ocupado ejerciendo mi decencia. No me digas. No pregunte, como dice usted. ¿Por qué no ahora? Porque es tiempo de otra cosa, más dulce y agradable. A las seis en el Miró. Que sea a las siete y en Las Ventanas, para que se mueran los feos.

Veinticinco

Lo interrumpió Ger: Zurdo, ya se le hizo tarde, le voy a leer su horóscopo mientras se pone en la obra, Capricornio: «Todo lo que tiene que ver con aprender te favorece, una coincidencia entre tus planetas reforzará tu fortuna y tu economía mejorará tanto que pensarás que eres una persona rica; en amores, aunque sugerimos mantener el corazón abierto, más vale andarse con cuidado, un viejo amor te mantendrá a raya y quién sabe si tengas fuerza para afrontarlo. Si juegas apuéstale al ocho y opta por el color rojo, te conviene». ¿Qué tal? Nomás cuando se presente el billete no se olvide de su Ger; oiga, ahí le tengo su Seven con limón, digo, porque parece que lo agarraron los indios, ¿se lo traigo? Por favor, no podía leer, así que apenas miraba las letras de *Noticias del imperio* por estar pensando en aquélla.

Desayunó huevos a la mexicana antes de encender su celular, que siempre marcaba su hora de entrada al trabajo. Se comunicó con Gris Toledo: Consigue una orden de aprehensión y ponme a Mariana Kelly en la oficina. ¿Se le escapó? Peor, casi pierdo la vida. ¿Dónde la consigo? Redáctala, fírmala y ejecútala, a las once veré a Laura Frías en el Miró, que sea una hora después, ¿alguna novedad? Pues aquí todos se ríen de usted. Ah caray, y ahora qué hice. Le mandaron un ramo de rosas rojas que ha puesto aromática la Jefatura entera. Te lo regalo, colócalo en tu escritorio. Bien guardadito que se lo tenía, eh, jefe. No especule, agente Toledo, ¿visitaste a Laura Frías? Anoche mismo, por andar con el chisme de las flores ya se me estaba pasando. Le contó que le ofreció jugo de guayaba con galletas de trigo, que no agregó gran cosa, salvo dos detalles que ella considera importantes. ¿Sabía que el papá de Bruno quiere ser presidente? Algo comentó don Carlos Alvarado, que podría sustituir al candidato de su partido. Pues que en ésas anda y que hace cosa de un mes le pidió a Bruno que regulara su conducta, que no quería que lo fueran a atacar por tener un hijo homosexual. Ve nomás, y todavía me dice que hace cuatro años que no le habla. Algo más, jefe, Bruno últimamente se vestía de mujer con mucha frecuencia, Laura le guardaba la ropa, me la enseñó, está preciosa. ¿Qué hacía? Al parecer asistía a fiestas y tal vez salía con alguien, no me supo precisar. Debo entrevistar a la madre, consigue que me reciba hoy.

Ortega en la línea: Qué onda, maricón, ya me enteré, deberías disimular, al rato van a creer que a toda la corporación se le hace agua la canoa. Y qué, si lo sabe Dios que lo sepa el mundo. Pues aquí ya surgieron tus valedores, eso explica por qué desde hace rato no se te conoce a nadie. La verdad fue una decisión difícil, por lo mismo pienso iniciar hasta el verano, y como estás en mi lista prometo que serás el primero. Ni loco, son siete años de sal, oye, ¿viste lo que me pediste sobre el sedán de Canizales?, definitivamente lo movieron la noche del crimen, algunos bichos muertos en la parrilla delantera nos lo indican, la suciedad del parabrisas y los comprobantes de las casetas. El tipo fue a Mazatlán antes de morir, localizamos el otro par de zapatos en el hotel. Sin embargo, encontramos algunas mariposas guasachiatas y ésas se desarrollan al norte, en los alrededores de Guamúchil, lo que indica que tal vez también viajó para allá; a lo mejor se andaba despidiendo. ¿Tenemos algún detenido? Ninguno, quiero que Dactilografía busque huellas en la habitación 17 del hotel La Siesta, está en Olas Altas. ¿Allí se hospedaron?, qué vulgares. ¿Vulgares por qué? Allí durmió Jack Kerouac. ¿Quién es? Un famoso policía de caminos de Massachusetts. Los cuartos de hotel son el territorio natural de Jack, el Destripador. Igual lo vamos a torcer al bailarín. ¿Cuál es tu teoría? Canizales terminó su turno a las seis en el Seguro Social y se arrancó a Mazatlán, según el comprobante de la caseta de peaje la cruzó a las 6:43, llegó con Aldana, se refocilaron hasta las once o doce y regresó, pasó la caseta a la 1:42 de la madrugada; antes de llegar a su casa levantó a alguien que no sabía qué hacer con una bala de plata. ¿Encontraste algo en Tucson? Una lista de notables que no sirvió. Bueno, voy a enviar las huellas de Canizales a los mazatlecos por Internet y les voy a pedir que las busquen en ese cuarto, luego te aviso. Perfecto, expresó y reflexionó, aunque tengo el presentimiento de que Aldana no fue. ¿Por qué? Ojalá lo supiera, tal vez se vino con él, pelearon y lo mató, ¿mintió cuando dijo que nunca había disparado?, ¿y las balas de plata?, ¿posee la suficiente sangre fría? No obstante, de que lo voy a refundir en el bote lo voy a refundir, por chilletas, Zurdo, qué onda con el libro del Memo. Lo traigo en el carro, en hora y media te lo paso. Ya dijiste. ¿Viste algo del perfume? Estuvimos allí pero no logramos identificarlo, probablemente se diluyó. Hace días le mandé una muestra a LH, a ver qué resulta. Ese güey está loco. Pero tiene olfato de pastor belga. Si no encuentra nada lo inventa, ¿es cierto que renunció a la Policía para atender una casa de té? Negativo.

Iba cruzando el puente Morelos cuando le llamó el Chapo Abitia: Mi Zurdo, cómo anda la mecha. Encendida, mi Chapo, qué pasó. Ahí le va un dato en relación con lo que me preguntó, ¿cuál es la clave de hoy? Z-47. Órale. Hay un colombiano, se llama Estanislao Contreras, que metió balas de plata al país, al parecer las hicieron en Indonesia, estuvo unos días en el San Marcos pero se esfumó, no pagó la cuenta ni recogió su equipaje, dobló a la izquierda en el Jardín Botánico. Muy bien, mi Chapo, ya tomé nota, por ahí te busco para ponernos a mano. Ya sabe, mi Zurdo, por acá lo espero y si necesita orines, no olvide que tengo los mejores de la región. Órale.

Pantalón rosa y camisa del mismo color pero más clara. Laura Frías llegó diez minutos tarde. Mendieta, que bebía café exprés, exhibía los estragos de la noche. Se ve mal, comandante, probablemente está empeñado en acabar con usted y lo está logrando, sonrió. Nada deseo tan intensamente como que esta vida termine. No me diga, ¿lo atrapó la andropausia y le están administrando testosterona? Más o menos. ¿Atraparon al culpable? Aún no, queremos hacerlo sufrir, ¿quieres desayunar? Sólo jugo de naranja. Así que han decidido presionar. Figueroa nos reunió ayer, pero a la gente no crea que le importa mucho, en realidad cada quien sigue su vida y no todos eran amigos de Bruno, era tan libre que lo miraban con recelo y algunos tal vez con envidia. Coméntale que vamos bien, que hay siete detenidos y que de un momento a otro tendremos al asesino confeso. ¿Es verdad? No, pero se va a sentir bien. Trajeron el jugo y Rudy les mandó galletas de avena. A ver, vamos a recuperar, entonces para ti la culpable es Paola Rodríguez. He estado pensando en la amante de Samantha Valdés. ¿Por qué no en el padre? Si él hubiera querido matarlo lo hubiera hecho sin mayor trámite, y hasta lo hubiera declarado. Lo mataron con una bala de plata. No me diga, Bruno siempre decía que, si lo mataban, que fuera con una bala de plata. Órale, lo que significa que su asesino lo frecuentaba y conocía su deseo, pero ¿por qué lo iba a complacer? Por amor, ¿ya pensó en Frank Aldana? Fuimos por él a Mazatlán y huyó, sin embargo, no tardará en caer, trae a una de las mejores jaurías detrás. Apenas lo creo, un chico tan dulce, ¿cree que haya sido él? Sólo tengo el presentimiento, por lo pronto he descartado a Paola, que se quitó la vida con una Beretta, y Canizales fue víctima de una Smith & Wesson. La Beretta es del padre de Paola, tengo el permiso en mi poder, ¿cómo conoció Canizales a Samantha? Era su cliente, luego se ponía unas faldas muy atrevidas y Bruno, que poco necesitaba para dejarse ir, cayó redondito. ¿Y Mariana Kelly? Lo único que sé es lo que le conté, lo amenazó, no sé si usa balas de plata, lo que sí, es una mujer muy relacionada, ha trabajado en el Gobierno y en la iniciativa privada, es publicista.

Caballería. Misión cumplida. Interrógala mientras llego. Dice que no tiene nada que declarar y que quiere un abogado. Dale una coca de dieta y que se conforme.

¿Por qué no sospechas de alguien de la PFU? No creo que haya alguien con ese hígado, somos pacíficos y odiamos las armas. Pero no han perdido el sentido de la agresividad, ya ves Hitler, desayunaba sus yerbitas y enseguida ordenaba cremar judíos como loco. Puede ser. Además quién dice que allí no despertara enconos. Es posible, aunque nunca le conocí nada, todo lo hacía fuera. ¿Cómo va tu trabajo? Bien, hoy tengo cuatro pacientes, por cierto el primero es en veinte minutos, a dos cuadras de aquí; anoche estuvo Gris en mi casa, ¿por qué no fue usted? Debía estar en otra parte, y hablando de eso, le impresionó el vestuario de Bruno, ¿por qué no lo mencionaste antes? Por pena, tal vez por prejuicio, pensé que era incorrecto que se manejara ese punto, que no le concederían la misma atención que si lo consideraban macho. ¿Te comentó lo que habló con su padre en relación con la candidatura? Sí, que le estaban proponiendo sustituir al candidato de su partido y que no deseaba que lo perjudicara con sus trasnochadas y exhibicionismo. ¿Por qué no sospechas del padre? Cómo cree, sería demasiado. ¿Crees que el poder es poca cosa? ¿Pero tanto así? La madre recalcó que él lo mató. ¿Sí?, se ensombreció su rostro pero no añadió nada. ¿Qué padece? Bruno nunca quiso aclarármelo, sólo ironizaba que se le habían dislocado las emociones. Silencio. Me tengo que ir, ¿va a querer el masaje o no? De querer lo quiero sólo que soy un hombre como el pan: con la mitad muerta. Está muy tenso. Es la cruda, ¿mantienes alguna relación con los padres de Bruno? Ninguna, incluso él los visitaba poco. ¿Para qué se travestía? Decía que por moda, que tenía amigos que lo hacían y que era divertido. ¿Cómo es que sabes tanto de tu amigo? Ojalá fuera así.

Se despidieron.

Mendieta. Aquí Noriega, oye, ese pinche bailarín es un profesional, no ha dejado huella posible de seguir. ¿Quieres que mande a alguien para que lo encuentre?, ya que ustedes no sirven para nada. Gris Toledo es bienvenida, con su instinto nos sería de mucha ayuda. Puede ser que el muerto haya estado en Mazatlán la noche del crimen, que se trajera un zapato de Aldana y le dejara uno suyo como prueba de amor, encontramos su carro lleno de bichos y con el cristal aceitoso. No te he sido de gran ayuda pero tengo mis méritos y espero ver pronto a esa mujer a quien ya he soñado tres veces. No seré el culpable de tu tristeza, la próxima semana te la envío. Pobre de ti si mientes. ¿Cómo te fue en alta mar? Rutina, vimos el agua, interrogamos a unos pescadores que no sabían nada y nos devolvimos.

Se estacionó en el Fórum, apagó su celular y se metió al cine a ver *Brokeback Mountain*. Una de las favoritas para el Oscar.

Miró el depósito cristalino de palomitas y siguió de largo experimentando una mínima angustia. Antes de entrar se devolvió: No es posible que huya también de eso, antes de que Parra lo mencionara bien que me las comía y ¿qué pasó? Voy por unas grandes, no importa que me sepan a ortiga. Transpiraba. Mientras hacía cola mantuvo las manos en los bolsillos del pantalón mirando los carteles.

Compró palomitas acarameladas, almendras confitadas, Coca-cola y se instaló a mitad de la sala. Se relajó: Esto es vida, no la miríada de indeseables matándose unos a otros por razones tan absurdas como un asalto de unos cuantos pesos o un rato de amor. ¿Pudo Laura Frías asesinar a su amigo? Pediría a Gris que la investigara. Todo iba bien, la musiquita, la fotografía, hasta que los vaqueros se besaron. Ruptura. Palomitas al piso. Ganas de gritar. Correr. Morir. Ocho de la noche. Ocho. Padre, me tengo que ir, avisó al cura Bardominos, tengo que acompañar a mi mamá a una cena. Bardominos te abrazó, sentiste su cuerpo caliente y tembloroso, oliste la lujuria. Mi niño, farfulló, eres el más dulce, por eso me gusta acercarme a ti; también el más guapo, formal e inteligente. Te paralizaste. Y ahora soñabas su asquerosa sonrisa, sus manos bajándote el pantalón, tocándote las nalgas. Al levantarse abruptamente terminó por regar el refresco. La gente silbó y gritó. No le había comprado palomitas, recordó, ni coca ni nada, pero sí había acariciado su entrepierna.

Salió. Subió al Jetta pero no lo encendió. Reconoció que de nuevo caía en un orificio sin fondo, que recuerdos que creía controlados afloraban como lengua de fuego. Parra lo había convencido de que podía vivir con eso y aunque unos días no perdió el dominio, ahora esa infamia lo apergollaba. Goga le había regresado su categoría de macho y su dignidad de hombre, ¿y se portaba así?, ¿esa clase de tipo era? Iría a corresponderle: Goga nunca te conté, te agradezco que me hayas hecho sentir el ser más capaz del mundo, todos esos orgasmos tuyos me hicieron recuperar la confianza como amante aunque después te hayas largado sin despedirte, dejándome hecho una mierda.

Tiempo después conducía por el malecón Valadez cerca de la casa de Mariana Kelly y tuvo la tentación de buscar a Goga: Goga, eres lo mejor que me ha pasado. A punto de parar, aceleró. Prefiero dejarlo así.

Goga Fox: su ausencia lo sujetó de las pelotas, ¿por qué aceptó el juego? ¿La trajo Samantha Valdés para burlarse de él o vino por su cuenta? La vida es tantas cosas y la mitad nadie las sabe. Un minuto después de nuevo tuvo el impulso de encontrarla, de pararse frente a ella y besarla hasta que la ropa se deslizara por su cuenta, pero la pasada amargura lo frenó. Identificó la angustia del abandono y tuvo ganas de llorar, ¿por qué no? Puta vida. Como decía Gracián, qué se puede esperar de ella si comienza entre los gritos de una madre que pare y el llanto del bodoque que nace. Lo mejor será salir de todo lo que tenga relación con Goga, la Güera, como le dicen mis amigos.

Sabía que tenía a Mariana Kelly en la Jefatura pero quería hacerla sufrir para que supiera lo que es estar en desventaja, a merced del destino. ¿Que tenía relaciones en el Gobierno? Pues que las use, que llame al gobernador o a su secretario. No creía que fuera culpable, seguía pensando en un hombre, en algún desvalido que no pudo soportar las retiradas del disipado Canizales y que usaba cierta fragancia. ¿Estaban ante un profesional? Ese sendero lo conocía, un profesional es fiel a una forma y es fácil de manejar, ¿pero si no? Un apasionado puede ir por cualquier camino. Subió el volumen del estéreo que tocaba *My Way*, con Frank Sinatra.

Pensó en Valdés, en que debía interrogarlo. Se acercó a Colinas de San Miguel pero desistió y antes de llegar a La Lomita se devolvió.

Eran las cuatro menos cuarto cuando arribó a la Jefatura. Gris lo esperaba. El jefe Briseño la soltó, le ofreció disculpas. Me puso como palo de gallinero y me ordenó que no me moviera de aquí hasta que apareciera usted: está en su oficina. Olía. Las rosas resplandecían rozagantes y pendencieras. Te dije que te llevaras esa porquería. Por favor, jefe, no resisto otra llamada de atención, aquí todos están locos. Estamos, querida, eres parte del equipo. ¿Puedo ir a comer? Sólo déjame a la vista el informe de Ortega, ¿nos recibirá Canizales? El padre salió hoy a la ciudad de México, no me supieron decir cuándo vuelve, la madre aceptó mañana a las siete de la mañana. ¿Tan temprano? Es la hora de su paseo en bicicleta y quiere que la acompañe. ¿En serio? ¿Lo engañaría yo? Espero que no y que te guste andar en bicicleta. No me gusta pero igual los sigo. Mejor cita a Figueroa, el flaco de la PFU y ponle un susto. Usted se encarga de Derechos Humanos. ¿Hablaste con el veladuerme de Rodríguez? Confirmó, abandonó la oficina a las 11:40 el jueves. Bien.

Buenas, jefe. ¿Qué pasa contigo, Mendieta? Te mandas solo o qué, tengo todo el pinche día esperándote, ni siquiera fui a comer, y hasta ahora apareces; trabajas a distancia o qué. He querido enterarme de lo de Canizales y nadie sabe, me hubieras dicho que era información secreta y no te molesto. Era tranquilo y hasta gracioso, no obstante cuando se enojaba blandía una mirada de fiera embravecida que pobre del que estuviera cerca. ¿Qué te pasa, Zurdo? ¿Quieres cuidar la puerta de la Jefatura e ir por los refrescos? Quiero saber en qué va lo de Canizales y quiero saberlo ahora, golpeó el escritorio con el puño; el procurador ha estado llamando todo el santo día y no he querido tomar el teléfono ni contestar el celular porque estoy seguro de que es para eso, no se me antoja que me jale las orejas por tu culpa. Pronto lo descubrió: Quiroz le había llamado y no supo qué responder; en *Vigilantes nocturnos* decían una sarta de barbaridades que le adjudicaban y no lo iba a consentir. Primero muerto, aseveró. Sobre su escritorio reposaban tres marquetas de camarón gigante con una tarjeta que Briseño desprendió y se guardó. Jefe, si no me permite interrogar a la principal sospechosa, ¿qué quiere que le informe?; está enterado del suicidio de Paola Rodríguez con una Beretta de su padre, del escape de Frank Aldana a quien vieron ayer en el cerro de la Nevería, en Mazatlán, de la actitud de Samantha Valdés; a mí la PFU me está presionando y amenazan con sacar un desplegado contra usted si no hay resultados, ¿qué quiere?

Tuviste a Mariana Kelly todo el día esperando, ¿qué te pasa? Y qué, es una sospechosa que debe ser interrogada, de cuándo acá tan considerado, sonó el teléfono. Ahí está el procurador. Pues dígale lo que tenemos y punto, es peor no contestar. Briseño descolgó: Bueno, le hizo seña con el índice de que había acertado, lo escucho señor procurador, hizo un par de gestos afirmativos, expresó: ajá, muy bien, lo que usted ordene, no se preocupe, claro, entiendo perfectamente. Colgó. Se dejó caer en el respaldo con los ojos cerrados, hizo un gesto teatral y se volvió al detective, jubiloso: Zurdo, tienes una pinche suerte que ya quisiera yo para los domingos, realmente te envidio. Jefe, soy policía, ¿qué esperaba? Podrías ser taquero o albañil y te iría igual, digamos que naciste con estrella. Con usted de cliente sería rico. Te digo que tienes tanta suerte que estás a punto de cerrar el caso. Cuénteme. Y agrégale que ya pisaste el primer callo. Lo sabía, reflexionó y advirtió, y esto que apenas empezamos. Llamaron del DF: que por lo que más queramos no invadamos el territorio de Marcelo Valdés, que hay arreglos en la cumbre y que no pidamos explicaciones, cómo la ves. Bueno, son chilangos, qué esperaba, no tienen idea de lo que ocurre en ninguna parte que no sea la ciudad de México, ubican a nuestra ciudad como la más violenta mientras la PGR hace sus enjuagues y nos inmoviliza. Por el momento, ¿podemos hacer la excepción?, pregunto. Usted es el jefe. Pero tú eres el detective. Yo no le voy a dar las nalgas a Marcelo Valdés. No lo tomes así y diles a los de la PFU que estamos investigando y cierra el caso, sé que eres listo y que al buen entendedor pocas palabras. Y también me chupo el dedo. Mira, hagámonos un favor, como el caso nos rebasa y a ti no te gustan los narcos, pasémoslo a Narcóticos y sanseacabó, llamamos a Pineda, le facilitamos lo que tenemos y nos quitamos de problemas, ¿de acuerdo? Repito: usted es el jefe. Mañana mantente en tu oficina hasta que aparezca la gente de Pineda, y salimos de eso.

Salió de la Jefatura con ganas de reír. ¿Realmente querrá el ingeniero Canizales que siga investigando? ¿Lo dijo por cortesía? Porque esto ya se pudrió. Pensó que malamente no había ahorrado y que por lo mismo no podría renunciar y comprar una casa donde nadie lo conociera para vivir los últimos días de su vida.

El *lobby* del hotel San Marcos estaba lleno de gente elegante que celebraba una convención de abogados criminalistas. Vio algunos famosos por sus triquiñuelas y se afirmó en la idea de que hay que comer y besar que el mundo se va a acabar. Estanislao Contreras había dormido dos noches allí. La tercera, cuando se perpetró el crimen, no volvió, no recogió sus cosas ni liquidó la cuenta. Lo dejaron ver una maleta negra con dos mudas, una imagen de san Judas Tadeo y una caja de balas medio llena: de plomo. Según había anotado procedía de Tucson, Arizona, la tierra de las balas de plata.

Caballería. Mi poli, no voy a poder llegar, estoy en una onda con mi cuñado y va para largo, pero no chille, no es para tanto. ¿Cuándo nos vemos? Mañana, en el mismo lugar y a la misma hora, y si le preguntan por qué llora, dígales que le cayó una basura en el ojo.

Se detuvo en El Quijote pero no se bajó, dos jóvenes con camisas Versace, botas vaqueras y gruesas cadenas de oro vigilaban. Una Hummer cerca. ¿Tengo maldad? No. Sin embargo continuó: No vaya a ser el diablo; más vale pájaro volando que cien en mano.

Terminó en su casa ante una botella de tequila y un congelador lleno de latas de cerveza. ¿Doctor Parra? Que se joda, hay pocas formas de vivir la vida y ésta es una de ellas. Puso *oldies: Questions 67 and 68* de Chicago. Ger le había dejado carne con papas que le hicieron agua la boca, metió un plato al micro pero no lo alcanzó a sacar. Alguien se estacionó suavemente y apagó la luz. Ruido en la reja. Balas. Balazos. Balacera. Agazapado. Tras la barra de la cocina. Cristales que caen. Sonidos. Puerta acribillada. Descarga completa. Silencio. Lo esperaban. Sabía que su Beretta servía para un carajo pero aún así le jaló. Dos rifles automáticos vaciados. Los proyectiles se estrellaron en la sala, el comedor y la estufa. Disparó los quince tiros y esperó.

Una Lobo abandonó el lugar tranquilamente. La canción de Chicago continuaba.

Se puso de pie y le marcó a Briseño: Jefe, si gusta enviar a alguien, acabo de sufrir un R-32 en mi casa. ¿Estás bien? No me voy a dejar matar por esos pendejos.

Algunos vecinos se acercaron pero Mendieta los tranquilizó, les pidió que volvieran a sus casas. Mi Zurdo, lo que se le ofrezca, ya sabe, usted es de aquí y no vamos a dejar que lo cosan a balazos quienquiera que sea. Usted nomás diga, se pusieron a la orden los más pacíficos.

Minutos después llegaron Gris Toledo, Jesús Ortega y un par de técnicos, además de dos patrullas. ¿Ya fuiste al baño? Dos veces, Gris, vete a dormir, esto no tiene misterio. Gracias, jefe, ¿iremos a Navolato? ¿Por qué no?, sólo que tendrás que pasar por mí, el Jetta está bastante estropeado. Nos vemos a las seis entonces. Que descanses. Los técnicos recogieron y contaron los casquillos: ciento dos. Puerta astillada, cortina despedazada, vidrios rotos. Abrió el carro que tenía los cuartos traseros pulverizados, la cajuela agujerada y el cristal posterior astillado, le dio el ejemplar de *Pedro Páramo*. Ortega, vete a descansar tú también, son AK-47 y probablemente fue gente del Queteco Valdés. ¿Por qué lo dices? Hace rato vi un plantón en El Quijote que me dio mala espina y preferí no entrar; hoy retuvimos unos minutos a Mariana Kelly, una mujer sospechosa de matar a Bruno Canizales y ¿sabes qué hizo Briseño?, le ofreció disculpas y la mandó a su casa; y eso no es todo, mañana le pasaremos el caso a Narcóticos, ¿qué te parece? Se bajó los pantalones. Eso le dije, dile a Memo que le regalo el libro, que lo empiece a leer y que no pare, sólo así será menos pendejo que su padre. Y que su tío Zurdo. Nos vemos mañana.

Veintiséis

Jefe Matías, ¿cómo está?

Muy bien, disculpa que te llame a esta hora pero es que te extrañamos tanto, ¿cómo está tu mamá? Muy contenta, ay, jefe, qué amable, gracias. ¿Cómo te va con los violentos ministeriales del estado? Bien, me adapté rápido, ahora trabajamos en un caso muy interesante, con sospechosos, testigos muertos, desaparecidos y todo eso; hace rato mi nuevo jefe sufrió un atentado bestial, le vaciaron dos cargas de cuerno en su casa.

Demasiado riesgo para una chica dulce como tú, ¿no te parece?; cualquier día no la cuentas, quiera Dios que no, o quedas lisiada para el resto de tu vida.

Nada es gratis, jefe Matías, usted lo sabe, pero en el riesgo está la emoción, gracias por preocuparse por mí, ¿y a qué debo su voz a esta hora?

Te decía que te extrañamos, nos hace mucha falta tu luz aquí; la llamada, aparte de para saludarte y saber cómo estás, también es para proponerte que te reincorpores al Departamento de Vialidad; tengo la impresión de que la Policía no es para ti, una persona tan tierna y educada.

Ay, jefe, muchas gracias, de verdad se lo agradezco.

¿Qué piensas?

No le voy a mentir: me conmueven sus palabras y confieso que de vez en cuando extraño el ambiente de Tránsito, pero también debo decirle que estoy bien acá, mis compañeros son respetuosos y estoy aprendiendo mucho.

Con nosotros tú eres la maestra, ¿no te parece más interesante?

Claro.

Además, deja que te diga algo, antes de marcarte hablé con el comandante Briseño y me aseguró que no tenía ningún inconveniente si te traemos de regreso, tengo la impresión de que no les interesa tu presencia allí, en cambio nosotros te necesitamos, hay muchos niños y adultos mayores que demandan orientación. Hace unos minutos comenté con Rodolfo que regresabas y se puso muy contento, así que ve por tus cosas, entrega la pistola y la placa y nos vemos en mi oficina mañana a las diez, que tenemos trabajo; para empezar, a las once inauguramos el nuevo programa de Orientación Vial con la presencia de funcionarios de los tres poderes.

Colgó.

Gris marcó al celular de Mendieta y cinco veces a su casa. Nada.

Se sintió triste, abandonada, incomprendida; deseosa de estar lejos de esos hipócritas que tan bien habían fingido aceptarla como compañera. Miserables.

Ciertamente, esa tarde, mientras esperaba a su compañero, le había llegado la menstruación.

Veintisiete

Celular apagado. Después de cinco veces el teléfono dejó de sonar. Quiero que la soledad me destroce.

Durante horas resistió las ganas de absorber una línea, de inyectarse heroína, de un poco de psicodelia y hasta de quemarle las patas al judas. Un hombre solo es víctima ¿de quién? De las moscas, las ventiscas y los ausentes. Mi hermano está lejos y no tengo parientes; no puedo decir que mis compañeros de trabajo sean mi familia, son más cercanos la raza del barrio y hace rato lo demostraron. Soy un crápula con pesados recuerdos, un pobre pendejo que se enamoró de la mujer equivocada y enamorarse es soñar, imaginar situaciones que pocas veces ocurren. Fumó un cigarrillo tras otro, bebió cerveza sin excederse porque le parecía agua y escuchó *oldies* toda la noche, en ese momento sonaba *Mr. Tambourine* con The Beach Boys. Aunque sabía que sus enemigos no regresarían, cada ruido de carro lo inquietaba.

En la madrugada se durmió. Al fin el ansiolítico y el alcohol habían hecho lo suyo. Lo despertó Ger: Zurdo, ¿está bien?, qué bárbaro, nomás me descuido tantito y casi me lo matan, ¿a qué hora fue el bombardeo?; desgraciados, casi tumban la casa, si le toca algún extra va a tener que utilizarlo en las reparaciones, lo bueno es que a usted no le pasó nada, ¿mató a alguno siquiera?, porque quien haya sido no merece otra cosa, ¿puedo limpiar o van a venir el señor Ortega y su gente a buscar pistas?, porque anoche en *Vigilantes nocturnos* Daniel Quiroz le estuvo echando flores, que su trabajo era de vital importancia, que había modernizado la Policía y sabe cuántas cosas más; la verdad se oyó de lo más barbero. Mendieta se sentó. Oiga, amaneció convertido en diablo o qué, a ver, báñese mientras le preparo su Nescafé y unos huevos con una salsa de chiles poblanos en aceite de oliva para que se aliviane; esa costumbre suya de vestirse de negro nunca me ha gustado, debería variar, hágale caso a su horóscopo. Sólo café, por favor Ger, y limpia todo, Ortega vino anoche. No lo puedo mandar con el estómago vacío, ya se lo he dicho, ¿prefiere unos camarones rancheros?, digo, porque usted no pasó la noche leyendo. Regreso en un rato a desayunar, de momento pon todo en orden; ¿sabes si vino Gris?; quedó de pasar a las seis. Si vino no logró hacerse oír, Zurdo, ¿de quién sospecha? De todos. Como si no sospechara de nadie. Cuando vuelva tal vez ya sepa quién fue. Sería alguna mujer a la que no le quiso hacer la corte. Sonrió: Más o menos. Ring, los interrumpió el teléfono fijo, un aparato que Mendieta pocas veces respondía. ¿Contesto? Déjalo que suene, y sonó tres veces diecisiete segundos cada una.

Antes de ir a la Jefatura se dirigió a la colonia Nuevo Culiacán, ubicada en un cerro, a la oficina del Foreman Castelo, un ex compañero de primaria que de la guerrilla urbana pasó a administrar un grupo de sicarios que operaba con máxima discreción en todo el país y a quien no le iba nada mal. Una noche le cayó en su domicilio para pedirle una coartada, uno de sus hombres se había cargado a un mayor de la Policía Federal Preventiva, huyó y ahora iban por él. Mendieta lo protegió, convenció a Briseño de que no todo es según el cristal con que se mira y que la carne de Argentina es la mejor del mundo. El jefe usó sus conectes con los chilangos y Castelo envió paquetes de carne de Sonora por tres meses y asunto arreglado. A la fecha, fingiendo que odiaba echarle la mano, tres veces lo había hecho sin parar de renegar y beber café con canela en tarros de litro. En retribución, Mendieta le obsequió su expediente, un voluminoso *dossier* de trescientas dieciséis páginas.

Me pregunto, qué chingados se te perdió por acá, de saber lo enfadoso que ibas a ser de grande desde la primaria te hubiera apretado el pescuezo y dejado tirado en la pedrera, el Galindo y el Chema me habrían ayudado encantados de la vida. Tenía un pequeño despacho en el fondo de un taller mecánico, con un escritorio de metal, dos sillas cómodas, una virgen de Guadalupe en la pared y un busto de Malverde en una esquina. Ambos con flores que se cambiaban todos los días. Bebiendo café de un tarro a medio llenar Mendieta le contó: No somos los únicos, güey, ya te dije, y esa pinche elegancia de las balas de plata no es nuestra, nosotros puro acero niquelado, somos la raza, no creo que no entiendas eso; pero eso sí, a cómo te tiente. ¿Quién pudiera tener esa inclinación? Parecen ondas de gente crema, ya ves que los ricos están bien locos; cada vez más seguido nos llegan solicitudes de servicios donde quieren al objetivo despedazado, arrastrado, castrado, qué es eso, nosotros somos una empresa con ética y jamás hemos aceptado esas comisiones, es un ser humano el que vamos a matar, no un animal salvaje; pero como te digo, somos muchos. ¿Te ha contratado alguna vez Hildegardo Canizales? No me hagas esas preguntas, no seas cabrón. ¿Te dejé copiar en un examen semestral o no? Y ahora qué quieres, enfadoso. Que hagas algunas llamadas y me hables, en esta tarjeta está mi número.

Encendió el celular y sonó, vio que era el jefe Briseño y no respondió, había siete llamadas perdidas y seis eran de él. Sólo tú puedes traer ese sonido tan folclórico. Sólo yo tengo huevos. Sentado mi niño. Mi Foreman, necesito un favor grande. ¿Otro? Cabrón, no soy tu padre, ya estás grandecito para valerte por ti mismo. Traigo al Queteco Valdés encima, anoche me mandó un aviso de ciento dos casquillos de cuerno. Qué desperdicio, a cualquiera de los míos le hubiera bastado con uno y no estarías aquí, molestándome. Préstame tu carro blindado. Castelo sonrió: ¿Cómo sabes que tengo uno? Porque no eres pendejo. No te lo puedo prestar por mucho tiempo, es un instrumento de trabajo importante. Será por pocos días, si lo necesitas me llamas. ¿Y el cochinero que traes? Lo desgraciaron anoche, mándalo con alguno de tus amigos para que me lo arreglen rápido. Definitivamente, ve pensando qué me vas a regalar el día del padre.

Era un BMW azul completamente blindado.

Su chaleco antibalas era inglés, sin embargo. Ésta es la verdadera armadura, ponderó al circular al lado de dos Hummers estacionadas en una marisquería donde sus conductores se curaban la cruda. Encontró los veinte éxitos de Santana que es una estupenda música para reactivar cualquier mañana.

Caballería. Constató que no era Briseño. Mendieta. Un 7-27 por el bulevar Maquío Clouthier, muy cerca del parque Ernesto Millán. Enterado, échame a Gris Toledo para allá.

Veintiocho

El chico de la bici salió temprano de su domicilio rumbo al empleo que la noche anterior le había conseguido su cuñado. Era su primer día y no quería llegar tarde. ¿Qué obligaba a un joven de veintitrés años que siempre había sido un atolondrado a trabajar? Cambiar radicalmente, incluso pensó ingresar al Tec de Monterrey tal y como su padre se lo exigiera una vez. Si vas a estudiar que sea en una escuela que valga la pena: el Tec o se quedaba como estaba. Por eso había llamado al detective. Le revelaría su historia increíble. Además, decidió casarse con Beatriz Rodríguez, siempre estuvo enamorado de Paola pero ahora no tenía remedio, Paola estaba muerta y Beatriz embarazada. Beatriz prefería abortar y largarse con el pretexto de estudiar actuación, pero él no se lo iba a permitir y le respondería, claro que le respondería, ni modo que se comportara como un desgraciado, la trataría como si fuera Paola, que jamás paró de recriminarle su escasa preparación y pésimo gusto. El señor Rodríguez no le interesaba y esperaba que la madre terminara por aceptarlo, ¿acaso no era la historia de la mayoría? Incluyendo a su hermana y a su cuñado que también se comieron la torta antes del recreo. Pedaleaba contento, era una buena decisión y tal vez había llegado la hora de sentar cabeza: El Mandrágoras se está matando por ocupar mi puesto en la clica, que empiece el güey, que tome ventaja, ser el más felón le llevará tiempo. Cuando un hombre pierde al amor de su vida más le vale iniciar, por más estúpida que sea, otra historia, y en eso se hallaba; temía obsesionarse con la muerta y haría todo lo posible para que no ocurriera. El libro que le había heredado cada día se le hacía más grueso y complicado al grado de casi estar de acuerdo con el poli. Recordó que más de una vez pensó matar a Bruno Canizales. Sin embargo, concluyó que fue mejor así, tal vez ella hubiera muerto antes de pena y él estaría perdido o purgando; por lo pronto se conformaría con la hermana, que si bien no era tan linda como la otra, era bastante apetecible. Una mujer que no es bella no es nada, rumió pedaleando con vigor en una cuesta arriba por la avenida Clouthier.

Iba respirando grueso cuando lo alcanzó una camioneta de vidrios oscuros, reconoció al conductor y le torció la boca, mueca que se heló al instante de recibir el disparo en la cabeza y caer suavemente en el asfalto por la disminución de la velocidad.

Calle vacía. Aunque Culiacán es una ciudad de más de un millón de habitantes, muchas matronas acostumbran barrer su calle cada mañana. Esta vez no habían aparecido.

La camioneta se perdió rumbo a la Costerita.

Veintinueve

Nueve de la mañana. Mendieta y Quiroz arribaron al mismo tiempo al lugar de los hechos. ¿Algo que declarar, mi Zurdo? El sujeto perdió la vida debido a un aerolito proveniente de Saturno que le machacó la cabeza y al que en este momento estamos interrogando. Un día voy a publicar todas las pendejadas que dices. Querrás pasar el resto de tu vida marcando y comiendo frijol con hueso los domingos. ¿Te atreverías? Haz la prueba, Zurdo, confírmame un rumor, ¿es cierto que balacearon tu casa? Iba para allá cuando me avisaron de esto. ¿Quién te dijo? Javier Valdés, de *Riodoce*. Negativo, ese pinche gordo siempre ha sido muy chismoso, se la vive en Los Portales viendo el trasero de las morras y componiendo el mundo; lo oyeras hablar de los de Guamúchil. No olvides que estoy pendiente contigo y en el pedir está el dar; oye, ¿qué onda con mi novia? No la veo. Era verdad, Gris Toledo no estaba a la vista, ¿qué pasó?, ¿no le avisarían como lo ordenó? Le marcó a su celular. Apagado.

Los técnicos habían precintado el sitio, que por la cantidad de curiosos parecía una presentación de los Tigres del Norte. ¿Quién dijo odio los grupos con nombres de fieras? Apenas lo vio lo identificó. Esto no tiene nada de imposible, masculló, llamó a Montaño, que se encontraba en un motel con una estudiante de medicina que quería hacer sus prácticas en la Policía. En esos momentos un pasante tomaba notas pero los técnicos no lo dejaban trabajar. Luego hacen su pinche batidero. Mendieta observó la mueca en el rostro del chico y tuvo la sensación de que allí había mensaje, ¿lo que le iba a contar esa noche? Sin embargo, fue incapaz de descifrarlo. Evidentemente, alguien también sabía que poseía información. Con el celular le hizo tres fotos. A ver si no salen movidas.

En la puerta de la casa más cercana una mujer observaba. ¿Cómo amaneció? Con esta sorpresa, ¿oiga no piensan acabar con la violencia?; yo escucho a los políticos, a los policías, a los soldados prometiendo cosas, pero los encobijados no acaban, todos dicen que van a terminar con la violencia y es pura baba de perico, ¿adónde vamos a llegar?; vea nomás lo que le hicieron a este pobre muchacho, ¿qué culpa tenía? ¿Usted fue la que llamó a la Jefatura? Ni loca, ahí luego la traen a una en sus vueltas que termina por no tener ni para los camiones para ir a declarar, en este país la justicia está en manos de los delincuentes y mientras ustedes, los del Gobierno, se hagan de la vista gorda, vamos a seguir igual. ¿A qué hora vio el cadáver? Como a las siete, la que lo vio primero fue Artemisa, esa gordita de la blusa floreada y pelo largo, me gritó para que saliera; ella fue la que llamó. ¿Escuchó algo? Un disparo, pero como hay tantos, nunca creí que lo hubieran hecho frente a mi casa, y a un muchacho tan joven, pobre madre. ¿Alguien de su familia vio algo? Nadie, todos tienen el sueño pesado y mi esposo no vino a dormir. No quisiera estar en sus zapatos cuando llegue. ¿Y usted quién es para decir eso?, mire, cabrón, con mi marido no se meta, ya quisiera tener un pelo de él, y ésta es su casa y puede llegar cuando quiera y a la hora que quiera, que para eso tiene vieja que lo espere, ¿me oyó?, y ahora lárguese. ¿Dónde estaba Gris Toledo? Le marcó de nuevo. Nada. Ella sabía cómo tratar a viejas histéricas.

Señora Artemisa, ¿usted fue la primera en ver el cuerpo?, era una mujer joven ligeramente excedida de peso pero de cara bonita. Calentaba agua para Nescafé cuando escuché el disparo, un ruido fuerte pero fino, salí, y vi el bulto tirado y unas luces rojas que se perdían en la parte alta de la calle, más o menos donde está la casa verde. ¿Qué tipo de carro? Pues más bien grande, tal vez un Ford o un Chevrolet, no sé mucho de carros, siempre quise tener un Volkswagen pero ya ve que los descontinuaron, me acerqué y vi que era un muchacho tirado con su bicicleta; conozco a una persona que trabaja en la Policía, busqué sus teléfonos y estuve marcando hasta que me contestaron. ¿A quién conoce? Sonrió con picardía: ¿Tengo que revelarlo?, es que me da pena, usted comprende, ¿verdad? Lo bueno fue que lo reportó. No me respondió él, creo que entra más tarde. Está bien, ya me dirá luego, ¿vio a alguien acercarse al cuerpo? Al contrario, todos le sacaban la vuelta, un hombre quería llevarse la bicicleta pero le gritamos, la señora Emma, la de enfrente y yo, ¿ya platicó con ella?, está como agua para chocolate, la pobre, su marido anda de cuzco y no vino a dormir, van varias noches que falta. ¿Alguien más se acercó a ustedes? Nadie, mire, en este barrio todos y todas trabajamos de noche, el único que trabaja de día es don Leopoldo, el esposo de doña Emma, y ya ve, no ha venido. ¿Usted qué hace? Trabajadora social en el Seguro, mire nomás quién viene allí, el doctor Montaño se bajaba de su Honda. Ah, expresó Mendieta con una sonrisa cómplice. No le vaya a comentar nada, eh, me daría mucha pena. No se preocupe.

Montaño ignoró las recomendaciones de los técnicos y las notas de su ayudante, auscultó rápidamente el cuerpo, le movió un brazo, checó la temperatura, vio el agujero en el pómulo y se puso de pie. Mendieta ya estaba a su lado. Cabrón, pensé que era algún potentado. No me avisaste que ibas a estar ocupado, además no fui yo, ella insistió en que te marcara, se moría por verte aunque sea de lejos. Montaño se volvió con disimulo hacia donde se encontraba Artemisa: Ave María, esa mujer no se hace vieja, anduvimos cuando hacía mi práctica profesional y no sabes cuánto le agradezco, es una maestra, un verdadero encanto de mujer; bueno, en relación con el cadáver, murió hace unas tres horas y media, de un tiro en la cabeza, le entró por el pómulo y le salió por la oreja izquierda, apenas se está manifestando el rigor mortis. Este chavo era un enamorado de Paola Rodríguez y estoy seguro de que su muerte tiene alguna relación con la de Bruno Canizales, me gustaría saber qué tipo de bala lo mató. Eso míralo con Ortega, ahora ten consideración, dame chance de brincar con esta chiquita, mira ese cuerpecito, está que nomás tienta y quiere más, la joven esperaba recargada en el carro. A las doce, ¿te parece? Tiempo más que suficiente.

Antes de irse, Montaño fue con Artemisa y le dio un largo abrazo.

Mendieta admiró la alegría con que se saludaron y pensó que jamás había tenido una maestra así. En realidad sí la había tenido, pero no se hallaba dispuesto a abrir ningún resquicio que involucrara a Goga Fox. El huevo que se estaba mordiendo sangraba cada vez más negro, sin embargo, no iba a buscarla así muriera en el intento.

Recordó levemente al cura Bardominos y pensó de nuevo en el doctor Parra: Vamos, detective, usa tu cerebro para procurarte emociones benéficas, cubre con nuevas experiencias el sitio de las antiguas para conseguir equilibrio. Un loco que había conocido a Erich Fromm y que fumaba y bebía como desesperado. ¿Por qué me niego a volver con él? Tal vez porque a Bardominos tengo que sacarlo yo mismo.

Marcó a la Jefatura: Robles, ¿anda por ahí la agente Toledo? No la he visto y ya ve cómo me llena el ojo, pasó la llamada al despacho. ¿Jefe Mendieta? Angelita tenía información. Vino muy temprano y se llevó sus cosas, sobre el escritorio le dejó su placa y la pistola. ¿Y eso? Quién sabe, la vi tan descompuesta que no me atreví a preguntarle. Gracias, Angelita. ¿Sabe usted qué pasó? Ni idea, hazme un favor, que te lleven en una patrulla a su casa y en cuanto sepas algo me llamas, pásame con Robles.

Robles, consígueme el teléfono de Rodolfo Uzeta, el novio de la agente Toledo. No me diga que tiene novio, aquí ya la habíamos rifado. ¿Quién se la sacó? Pues quién iba a ser, aquí nomás mis huesos. Te acompaño en tus sentimientos, cuando tengas algo llámame al celular.

Le tocó dar la noticia a la madre.

Beatriz se encontraba en la ventana de la antigua habitación de Paola, algo presintió porque bajó enseguida y comprendió al instante. La señora se sentó un momento con los ojos llenos de lágrimas, Beatriz la abrazó, le habló de que era un hijo ejemplar y de que Dios sabía por qué hacía las cosas; luego le marcó al padre del chico a su oficina y le pasó la bocina.

Beatriz tenía el rostro alterado, rojo, sudoroso; se hallaba tan afectada que no podía llorar. Es ella, musitó mirando a Mendieta, ni muerta lo deja en paz la desgraciada, ni muerta deja de acaparar. Ni siquiera lo quería un poco, se acostaba con él por molestarme; bien dice mi padre que una desgracia nunca viene sola, ¿sabe?, antenoche lo convencí de que me dejara andar con él, se comprometió a trabajar, a ser un hombre normal; conversamos mucho, estuvo bebiendo pero sosegado, dijo que iba a dar el paso más importante de su vida. ¿Dónde se vieron? En mi habitación, a pesar de que era casi la medianoche estaba despierta, como comprenderá en mi familia andamos todos con los relojes trastocados. ¿Te contó qué clase de paso era? No, sólo dijo que iba a arder Troya y que después a lo mejor no lo quería tanto como decía; la verdad es que ahora lo quiero más y me siento orgullosa de que voy a tener a su hijo. ¿Te comentó que nos íbamos a reunir hoy? No, a veces se hacía el misterioso.

La señora escuchó las instrucciones del padre, que le aseguró que se haría cargo de todo y pidió hablar con el detective. ¿Con quién tengo el gusto? Voz suave, seductora, educada. Edgar Mendieta, de la PME. Mucho gusto, detective, tengo magníficas referencias de usted, habla Alonso Barraza, supongo que sabe quién soy. Por supuesto, licenciado, era el subprocurador de Justicia del estado. Bueno, no quiero que esto trascienda, esa mujer tiene dos hijos míos y mi deseo es que siga en el anonimato, espero que sea suficiente explicación, entréguele el cuerpo y de aquí en adelante lo que se le ofrezca, Mendieta, pago bien los favores. ¿Qué relación guardaba con su hijo? Pésima, me odiaba, pero dado el caso quiero que todo marche normal, no sé si me entiende. Claramente y no se preocupe, comprendió que Barraza nada sabía de su hijo. Lo haremos tal cual.

Beatriz se ofreció para avisar a la hermana y reconocer el cuerpo. El detective hizo dos llamadas: una por equivocación a Montaño, que no respondió, y la otra a Ortega para ver si habían localizado la bala, pero tampoco lo encontró. Dante, que seguía con su cubo de Rubik, se ofreció a acompañar a Beatriz, que era incapaz de manejar, la madre continuaba postrada y el señor Rodríguez en su trabajo. Mientras Beatriz salía, Mendieta conversó con Dante, veintiún años, de mirar profundo, pelirrojo, estudiante de Matemáticas. ¿Cuánto tardas en unir los lados del mismo color? Cheque usted, movió las manos con rapidez y dieciocho segundos después mostró el resultado. Vaya que eres rápido, ¿cuál es tu secreto? No hay secreto, es sentido común y un poco de práctica. Mendieta lo observó. A ver, en la situación de tu calle, tienes dos decesos en unos cuantos metros cuadrados, en pocos días y uno muy cerca de ti, ¿a qué induce el sentido común? Dante lo contempló. Los muertos eran amantes y, dada las condiciones que usted señala, debe haber una liga entre los dos decesos, la probabilidad es fría pero certera. ¿Qué te lleva a esa conclusión? La exactitud de las matemáticas, y la existencia de casos similares, Romeo y Julieta, por ejemplo, siguió moviendo el cubo, vivían bajo amenaza, en una misma ciudad, al mismo tiempo; cada caso es un conjunto, una ecuación, tiene usted que definir un campo específico y analizar las coincidencias, Canizales puede ser otro ligamento, Beatriz es otro, expresó al ver que la chica se acercaba.

Caballería. Le pasaron el teléfono del Rodo, a quien habló de inmediato.

¿Ya le marcó a su celular? Varias veces, mi Rodo, no entiendo qué pudo haberle sucedido. Lo que sé es que la regresaron al Departamento de Vialidad, hoy inicia un programa de orientación al peatón y ella va a estar a cargo, se me hace raro que no sepa. Suele ocurrir que la mano izquierda no sabe lo que hace la derecha. Deben estar en el auditorio del DIF, la inauguración es a las once y media. Mi Rodo, te lo agradezco y por ahí te mando tu regalo de cumpleaños.

¿Qué ocurría? Cerraban el caso Canizales cuando estaba más candente y le birlaban a su ayudante, una mujer que él había invitado un día que como agente de tránsito lo había infraccionado sin importarle que fuera policía, todo apegado a la ley; allí mismo la vio encarar a un *narcojunior* que manejaba su Hummer como en un autódromo, al que logró someter y entregar a una patrulla de uniformados. ¿Mala suerte? No estaba dispuesto a aceptarla.

Una vez identificado el cadáver se dirigió al DIF, por el bulevar Zapata.

Localizó a Ortega: Quiero saber qué clase de arma mató a Ezequiel Barraza, un chico de veintitrés años que ahora está en la morgue y al que van a recoger en unos minutos. Es hijo del Queteco Barraza, ¿verdad? ¿Por qué lo dices? Aquí todo el mundo lo sabe. Están interceptando mis llamadas o qué. Las tuyas no, pero las de él sí, por seguridad. Órale, entonces hazme ese favor. Oye, y qué onda con el que te mandó las flores, ¿aflojaste?, cortó, no estaba para bromas.

Caballería. Jefe, era Angelita, dice su mamá que se fue de agente de tránsito otra vez. Le agradeció. Vio que ingresaban cientos de niños al auditorio del DIF perfectamente uniformados y perfumados. Buscó la puerta de los invitados y se coló. Gris Toledo, con su uniforme de agente de tránsito, conversaba con el jefe Matías, un hombre de unos sesenta años, gordo, calvo, impecablemente uniformado. Los acompañaban otros funcionarios de civil y de uniforme. Gris se mantenía quieta, su rostro sin maquillaje proyectaba un toque especial, mirada opaca, labios resecos. Mendieta no resistió: Señorita Toledo, está usted detenida, le mostró la placa, tendrá que acompañarme, la tomó del brazo y dio un paso hacia la salida. Matías tomó a Gris del otro brazo: Usted no se va a llevar a nadie e identifíquese o aquí se le acaba el corrido. Los agentes de tránsito presentes desenfundaron, aunque Gris no salía del estupor la cara se le suavizó, hasta tuvo impulsos de sonreír, no había pronunciado palabra pero lo estaba disfrutando en grande. Guarden esos fierros o se los meo, ¿es el ejemplo que van a dar a los niños que están llegando? Usted nada sabe de ejemplos, usted es un malandrín, un pillo de siete suelas, externó el jefe Matías, y la agente Toledo no regresará jamás a la Policía. Es que no va a la Policía, la llevo presa por negligencia e incumplimiento del deber. Entró el comandante Briseño acompañado del subprocurador Alonso Barraza que asistían a la inauguración. ¿Qué ocurre?, se observaron por un instante. Guarden sus armas, ordenó el sub, el detective se acercó a los dos. Señor subprocurador Barraza, soy Edgar Mendieta, no sé si me recuerde. Claro que lo recuerdo, sonrió, y estoy muy agradecido con usted, pero, supo que algo ocurría, ¿tan pronto debo resarcirle? Parece que sí, Briseño no entendía pero se comportó solícito. Dos cosas nomás: quiero a la agente Toledo en mi equipo, señaló a Gris, y me gustaría concluir el caso Canizales, es probable que tenga conexión con el de su hijo Ezequiel. Me acaba de contar Briseño de usted, ¿por qué le cuesta tanto ubicarse? Aparte de dos muertos, un atentado en que casi no la cuento y otro anoche que por poco me arruinan la casa, creo que porque me gusta la mala vida. El subprocurador sonrió. Después de la inauguración hablamos, ¿le parece, licenciado Barraza?, intervino Briseño intentando recuperar autoridad. De una vez, expresó el aludido, incorpore a la chica a la PME y esta tarde resolvemos lo otro, ¿podría quedarse la agente al acto? Se encaminaron al presidium. La necesito en este momento. Gris no sabía qué hacer, Matías intentó llevarla adentro pero Mendieta lo atajó, el sub le hizo una seña y la soltó, Mendieta la tomó del brazo y la sacó. ¿Por qué nadie me toma en cuenta?, ¿por qué nadie quiere saber qué pienso y en dónde quiero estar?, ¿tengo cara de pendeja o qué? Desayunemos en el Miró y escucho lo que quieras. Conteste cuando menos una de mis preguntas. Sólo quería averiguar por qué te habías regresado, pero al ver tu cara supe que no era cosa tuya y que no estabas de acuerdo, sonrió. Un selva negra no es mala idea con un café bien cargado. Doble carga para la señorita, por favor. Jefe, esta vez yo pago, ¿y este armatoste? Poca cosa, agente Toledo, ya sabes que cambiar es mi rutina.

Treinta

Laura Frías en bata blanca puso música *new age* y recibió al primer cliente: Don Pablo, cómo está, ¿ha dejado de comer un poco como le sugerí? No pude, Laurita, lo que sí logré es caminar todos los días y ya me quitaron las verrugas de la espalda. ¿Y las de las axilas? La semana próxima, te lo prometo. Le pidió que se quedara en ropa interior y se recostara en la mesa de masaje, bocabajo. Vamos a ver cómo anda, don Pablo. Procedió ligera, le untó crema en la espalda e inició el trabajo, el hombre como pudo le tocó una nalga. Laura vio la mano ávida, la subió y se la torció como parte del masaje. El viejo se quejó de placer: era un ritual que le encantaba desde que se convenció de que ella jamás aceptaría ser su sunamita. Enseguida le puso fuerza al masaje hasta que el septuagenario quedó quieto, ronroneando con suavidad.

Restregaba los hombros cuando entraron dos tipos. Señores, esperen por favor en la sala, que sacaron sus pistolas, en un momento los atiendo, y se las pusieron en la cabeza. Don Pablo, paralizado con la boca abierta y Laura sin saber a quién mirar. Dice la jefa que si aprecias tu vida no te andes yendo de la boca, algo dijiste por ahí que no le gustó, el otro le acarició las nalgas con arte. ¿Te digo algo?, estamos hartos de amenazas, la próxima vez alguien te meterá un tiro en la cabeza aunque nos hayan ordenado asustarte, ¿entendiste? Laura afirmó, trabada; el sujeto de la voz le movió el arma en la cara, el otro se demoró cuanto fue posible: estaba excitado, luego balaceó la grabadora y derribó los ungüentos. Salieron.

Se sentó, deploró sus lágrimas de jabón y no pudo evitar una ola de pena: Bruno querido, te tendré que rezar y llevar flores blancas, tendré que pensar en ti y exigir que tu crimen no quede impune. ¿Quién es su jefa?, el viejo, sentado en la cama, la observaba. Para qué lo quiere saber, don Pablo. Te recuerdo que fui juez y aún me deben favores, no digo que pueda hacer algo, ¿pero qué tal si así fuera? Son narcos, don Pablo, gente muy pesada, dueños de vidas y haciendas. Su estilo es inconfundible, pero tal vez empezaron cuando yo estaba en mi apogeo, si no los conozco prometo no ponerte en evidencia, sé lo que es eso. Pues sí, ¿verdad? Qué puedo perder, su jefa es Samantha, hija de Marcelo Valdés. Vaya que te has enemistado, muchacha. Si le digo, ¿podemos continuar otro día? Claro, faltaba más, ¿este Bruno es el hijo del ingeniero Canizales? Y mi mejor amigo. Dicen que se vestía de mujer y les hacía competencia a las prostitutas del mercadito Izábal. Calumnias, don Pablo, mugrientas calumnias, se lo aseguro. Bien, Laurita, me avisas cuando me puedas atender.

Treinta y uno

En el Miró, tranquilos, con los celulares apagados y la generosidad de Rudy, que los recibió con unos bocadillos de huachinango y camarón como los que hace mi madre, analizaron la situación.

Le contó del chico de la bici, que la madrugada del asesinato había visto salir a alguien de la casa de Canizales y no era Paola. Entonces, ¿la borramos? Asintió: No nos olvidemos de que ya nos quitaron el caso, hoy debo entregar lo que tenga a Moisés Pineda. Usted opina que tampoco fue Aldana. No estoy totalmente seguro. Nos quedan Mariana Kelly, Samantha y su padre. ¿Qué pasó con Laura? Le dejé la información en su escritorio bajo la pistola. Es de Guasave, de familia decente, egresada de psicología, con cinco años en la PFU, muy allegada a Canizales, Dania Estrada me ha dicho que frecuentemente se quedaba en el cuarto de las visitas en casa de Bruno, era algo así como su asistente sentimental. Por eso sabe tanto. Quedaron pensativos. Laura cree que fue un crimen pasional, Canizales quería una muerte con bala de plata y lo complacieron, tampoco descarto una amistad reciente, nuevo silencio, Aldana ve películas policiacas pero eso no basta. Total, el diablo no va a saber dónde meter la cola. ¿Le dirá todo eso al comandante Pineda? Hizo un gesto de quién sabe, cuando en realidad sabía que no cedería un dato. Comían a buen ritmo. Se le nota que durmió mal. Es que me está llegando la andropausia y con la balacera algo se desató dentro de mí. ¿Fue a ver a la señora de Canizales? Ibas a pasar por mí, ¿no? Cierto, pero la llamada del jefe Matías me sacó de balance. Bueno, ya no es oportuno, metamos en nuestras cabezas que el caso fue cerrado, aunque me hubiera gustado saber qué más diría del padre, les sirvieron más café. Con lo que come, no me explico por qué no engorda. Yo tampoco. Jefe, ¿es verdad que fue narco? Mendieta observó su sándwich a medio comer, ¿por qué no darle un voto de confianza? Después de la prepa llevé tres carros llenos de coca. ¿A Nogales? A Yuma, al otro lado vale más. ¿Y luego? Me abrí, le di la mitad del dinero a mi mamá y el resto lo gasté. ¿Qué estudió? Literatura hispánica. ¿Por qué? Me gustaba leer. Primera persona que conozco a la que le gusta leer, entonces, ¿por qué se hizo poli? Ya ni me acuerdo, ¿y tú? Por necesidad; oiga, nunca lo he visto con un libro.

Detective Mendieta, interrumpió Rendón. Qué tal, profesor, ¿cómo está?, presentó a Gris Toledo. ¿Cómo va lo de su carro, fue con el licenciado Urrea? De eso quería hablarle, Urrea dice que él no sabe nada, que en su departamento no tienen ningún reporte. ¿No lo reportó? Claro que lo reporté, imagino que lo perdieron; el caso es que el carro apareció y el Seguro no quiere pagar, ¿qué cree usted que deba hacer? Pues recoger su unidad y olvidarse del resto. Así lo he pensado, aunque es un carro muy viejo, es del 93 y la verdad me conviene más que el Seguro me pague algo. Entiendo, ¿los del Seguro saben que apareció? No, creo que no sabe nadie, lo encontré en el corralón de Tránsito, me cobran arrastre y estacionamiento por un mes y no le miento, es más del valor del carro. Gris tomó la palabra: Vaya al corralón y busque a Rodolfo Uzeta, escribió algo en una servilleta y la dobló, llévele esto, se la entregó. Hágalo con confianza, profesor, es su prometido. Entonces es más efectivo que una bala de plata. Mendieta lo observó: A ver, profe, tómese un café con nosotros y díganos qué sabe de las balas de plata. Mejor una chela, realmente no sé mucho, ¿por qué el Llanero Solitario usa balas de plata? Mendieta y Gris se miraron: Ni idea. Porque son más rápidas que las de plomo, claro, está el asunto del mito pero una razón podría ser ésa, que le daban algunas milésimas de segundo para salvarse en un duelo. ¿Qué sabe del aspecto ritual? Rendón probó su cerveza. ¿Se refiere a los viernes por la noche, hombres lobo, vampiros y eso? Y su relación con las balas de plata. Tendría que investigar. ¿Podría hacerlo?, acabó su cerveza. En un par de días nos vemos aquí. El domingo a las once, no se le olvide. Y usted no llegue tarde. Rendón se fue a su mesa donde lo esperaba una Tecate.

Goga Fox, que llegaba, se acercó con evidente coquetería, Edgar, y su aura perfumada, ¿puedo hablar contigo? Desconcertado: Claro. Soy Goga Fox, miró a Gris con displicencia, y quisiera hablar a solas con el señor, ¿es usted agente de tránsito? No, respondió Mendieta, anda encubierta. Qué interesante, le arregló una arruga en la playera. Gris, que no sabía del romance pero sí de mujeres, se puso de pie y se alejó. Rudy, conocedor de los gustos de Goga, que invirtió muchas mañanas de su vida en esas mesas conversando con sus amigas, de inmediato le envió un café irlandés. Edgar, parpadeó, ¿cómo has estado?, tienes cara de haber pasado mala noche. Error, hasta soñé con los angelitos. Lo de la otra noche no fue normal, no esperaba esa reacción. Goga, no hay cosa que me dé más flojera que explicar mis reacciones, explicaciones que para ti salen sobrando, por supuesto y esa idea de mandarme flores fue pésima. Te quiero, Edgar, sé que no lo has pasado bien, perdóname, mi marido cada vez presionaba más y hacía preguntas más comprometedoras, en cuanto mencionó tu nombre preferí hacer mutis, ¿te cuesta mucho entender eso? Porque lo entiendo quiero la fiesta en paz. Pero no seas tan radical, vine a verte y no quiero irme sin estar contigo, puso un poco de azúcar en su café. También tengo mi corazoncito, no creas. Suspiraron. Sólo una noche, Edgar; contigo, murmuró cubriéndose los pechos, mirándolo a los ojos. ¿Alguna vez, por cualquier causa, han querido salir corriendo? Pues Mendieta se sentía igual: en la lona, deseaba decirle que no de una manera categórica pero no daba con la forma, así que simplemente expresó: No puedo. Goga sonrió indiferente: En lo de Bruno Canizales estoy contigo, sé que tarde o temprano descubrirás al culpable; no sé si alguna de ellas sea capaz de matar, pero Mariana le tenía mucho encono a Canizales, pudo contratar a alguien, no sé, lo que sí te puedo asegurar es que está asustada y que desde ayer se fueron a la casa de Altata; tengo la impresión de que ella deseaba hablar contigo, aclarar lo que sea, es Samantha la que se opone, lo menos que dice de ti es que eres un bueno para nada, quiere humillarte, que te arrastres ante ella y le pidas perdón. Mendieta la observaba, escuchó sus palabras controlando la turbación de tener esa falda floreada y la blusa negra a la mano. Su perfume tan seductor. Recordó: Me gusta cómo me desnudas, cómo te apoderas de mis blusas y mis faldas como si fueran enemigos públicos número uno. ¿Por qué le contaba todo eso? No se lo iba a preguntar, señaló a Gris que estaba en la caja: ¿Andas con ella? Sí. Tiene bonito cutis. Nos vamos a casar. Vaya, al fin una que te atrapó. A ver si no sale huyendo como la otra. No creo, se ve bien plantada, se quedó seria, se volvió a Gris que conversaba con Rudy muy quitada de la pena, o está muy segura o le importas un comino. ¿Lo tuyo va bien? Magnífico, él en su trabajo todo el día y yo recorriendo museos, galerías o en el cine, lo incomprensible, y según me dijiste una vez, que sea la arquitecta de este destino tan extraño y tantas veces indeseable, estoy por creer que se ama solamente una vez y que lo demás son variaciones sobre el mismo tema pero sin contenido; de alguna manera estoy encadenada a lo nuestro. No resistió más. Por si te interesa, no sólo eres arquitecta de tu destino, también lo eres del mío.

Entró un policía uniformado: Mi Zurdo, el jefe Briseño me mandó por usted y por la agente Toledo, que por qué no contestan sus celulares. Gris se acercó. Llámame, dijo Goga y le pasó una tarjeta perfumada. Gris, a quien Rudy puso al tanto, se comportó con respeto. De pie, ella le besó la mejilla con labios febriles, él estuvo tentado a decirle que en las dos, como en Europa, pero aún no salía de su envaramiento.

Treinta y dos

Marcelo Valdés paseaba por su jardín hablando por un celular. Abajo Culiacán era la garra del tigre. Tres guardias permanecían alertas y subrepticiamente vigilaban sus movimientos. Me has decepcionado de la peor manera, ¿cómo te atreves a asociarte con un imbécil como el Gringo para esquilmarme unos cuantos pesos?, ¿no te das cuenta del daño que me haces, el daño que haces a mi organización?, ¿por qué tenías que recurrir a triquiñuelas baratas para obtener una miseria?; jamás te negué algo, ni antes ni después de casada; tu esposo era un mentecato, por eso lo mataron, yo los mantenía y de viuda no te ha faltado el apoyo; no te entiendo, Samantha, de verdad, y ya me estoy cansando de tus torpezas, de tu falta de consideración. El Gringo no tiene culpa, papá, lo obligué. Si no supiera eso, desde cuando lo hubiera mandado con su padre, que en paz descanse. Callaron un instante. ¿Para qué querías el dinero? Voy a comprar un yate, era para completar. Para qué quieres un yate, somos gente de tierra, tu mamá nació aquí y yo en Badiraguato. Para vigilar tus operaciones acuáticas, papá, para hacerlas más redituables, la interrumpió. ¿Quién te dio autorización para eso?, es una idea tan absurda como el zoológico que regalé para evitar la muerte de los animales. Papá, estás enfermo, no puedes con todo, además ya es hora de que me involucre directamente, nuestro territorio es muy codiciado y están surgiendo tiradores por todas partes, un avión cruzaba hacia el norte. Se trata de tu organización, como ya lo señalaste, una organización que debe fortalecerse día con día. No hablemos de eso por teléfono, ahora mismo te depositarán en tu cuenta medio millón como un regalo de tu madre. ¿Y de tu parte? Un millón pero en la cuenta del niño. Siempre me ganas, ¿verdad? Sinceramente creo que es al revés, no es la primera vez que te pido ser prudente, probablemente son cosas como éstas las que me tienen enfermo. No exageres, papá, ni que vivieras en un jardín de rosas, miró las flores alrededor. Mejor ahí la dejamos, cuídate y disfruta del mar y los mariscos. ¿No se te antoja un buen pescado zarandeado? De tu posible participación directa, lo vemos cuando estés de vuelta, y no me vuelvas a decir que estoy enfermo. Cortó. Meditó un momento y marcó: Adelante con Ponce. Cortó de nuevo, luego se volvió a la ciudad.

Resplandecía. Necios, se la pasan criticándonos pero bien que viven de nosotros; hice crecer este lupanar, levanté barrios enteros y creé más fuentes de trabajo que cualquier gobierno; no permitiré que lo olviden; era un rancho polvoriento cuando empecé y miren hasta dónde llega; van a acabar conmigo, lo sé, pero antes los aliviaré de ese policía estúpido. Volvió a marcar: Piso para Mendieta, expresó y cortó. Salió su mujer: Viejo, ¿quién crees que está en la línea?, don Pablo Villavelázquez, se acercó con un inalámbrico en la mano.

Treinta y tres

En cuanto encendieron sus celulares a ella le entró una llamada de Rodo y a él una de Ortega: Oye, güey, te paso a alguien que quiere mentarte la madre, no tuvo tiempo de decir que no. ¿Zurdo? ¿Quién habla? Memo. Hey, Memo, qué pasó, cómo estás. Quería darle las gracias por el libro. ¿Y ya no quieres? Pues sí, muchas gracias. ¿Lo empezaste a leer? Voy en la página 16. Y no le entiendes, ¿verdad? Pues no, pero igual lo voy a leer, para que el profe no me repruebe. Cúmplele al güey, que le quede claro que nada te doblega. Arre, le paso a mi papá. Hasta luego, morro, y cuídate. Te anda buscando Montaño. ¿Y eso? Resulta que entregó el cuerpo del joven Barraza y Briseño lo puso como palo de gallinero, pero aguantó como los meros machos. Hay que invitarle unas chelas. Mejor invítale una vieja, le va a caer mejor. No creo que a ese güey le hagan falta las viejas, echa 365 palos al año y en los bisiestos se esmera para no faltar el 366. No se coge a sí mismo porque no se alcanza. Dicen que sí se alcanza pero que no se gusta. Ah, se me olvidaba, la bala que mató a Barraza es de plata, 9 mm, disparada tal vez por una Beretta. No me digas. Lo sospechabas, ¿no? Pues sí. ¿Por qué? No sé. El instinto es un instrumento que no se debe desaprovechar. Eso dicen en los cursos. Déjate llevar, Zurdo, ya es hora de que descubras qué onda con estas muertes. ¿Dónde la encontraste? La tenía la señora de enfrente. Emma creo que se llama, es una desgraciada, confesó que quiso regalársela al marido pero que el tipo la desdeñó, oye, nos vemos al rato. Espera, ¿sabes por qué El Llanero Solitario sólo dispara balas de plata? Para que hagan juego con el caballo. Cortó. Tenemos un patrón, murmuró, Gris que continuaba hablando con el Rodo no respondió.

Briseño lo recibió con una sonrisa.

Mendieta, dos cosas, ya me explicó el licenciado Barraza lo del joven que fue entregado por el forense sin mi consentimiento, no te preocupes, no hay problema, me gusta que cumplan bien las órdenes que no doy; en cuanto a lo de seguir con el caso Canizales, tanto el subprocurador como tu servidor somos de la idea de que se quede como está, así que prohibido husmear por allí y no repeles, tómate un par de días de descanso, la reparación de tu casa y del carro corren por cuenta de la Procuraduría y hay que comer y guisar que el mundo se va a acabar. Sin embargo mi suerte sigue empeñada. Qué quieres decir. Que los muertos y yo somos una trilogía, a Ezequiel Barraza también le dieron piso con una bala de plata. Algún exhibicionista que nunca falta. Al ingeniero Canizales no le va a gustar la suspensión. Al ingeniero Canizales le preocupa más la grande que la familia, no te preocupes, deja que el mundo ruede, y cuando te llame, contesta, cabrón, si no quieres que te reduzca el pergamino.

Gris, se cierra el caso definitivamente, tomemos unos días libres, puedes empezar los festejos del Rodo desde hoy, yo me largo a descansar. ¿En serio? Claro, todo está en orden. No entiendo. Es un caso imposible del que pronto nadie se acordará, en nuestro informe, que nadie leerá, pondremos que una vez más se impusieron los poderes fácticos. Angelita desde la puerta los interrumpió: Zurdo, Robles pregunta por usted. Dígale que lo veo a la salida, recuperó su Palm, hizo señas a Gris para que se marcharan; antes de salir se volvió, tomó el ramo de flores y lo tiró al bote de basura sin que se descompusiera, aún en el piso, seguía viéndose hermoso y significativo.

Con Robles los esperaba Frank Aldana.

Mendieta hizo una seña a Gris para que se hiciera cargo. Señorita, yo no lo maté, se lo juro, sería incapaz de matar a un ser amado, huí porque tuve miedo, en este país caer en manos de la Policía es lo peor que le puede ocurrir a cualquiera; Bruno estuvo un rato conmigo en Mazatlán la noche del jueves, salimos a cenar y se regresó como a la una; no tiene idea de lo mal que lo he pasado pero ya no resisto, si me va a detener, hágalo, prefiero estar preso a seguir escondiéndome. Gris le pateó los genitales, le cruzó un puñetazo en la cara y lo tomó de la camisa: Lárgate, cabrón, no quiero volver a verte en mi vida, ¿oíste? Tú que te me atraviesas y yo que te desgracio para el resto de tu existencia. Lo empujó con rencor. Aldana abandonó el lugar deprisa sin comprender. Robles no salía de su asombro. Y usted qué. Nada, agente Toledo, nada. Se marcharon. En cuanto estuvieron en el BMW se rieron todo lo que quisieron.

La llevó al DIF, donde había dejado su carro.

Puso la radio:

«En lo que va del año, la Comisión Estatal de los Derechos Humanos tiene registrados tres casos donde autoridades policiacas entregan a particulares personas detenidas para que sean "levantadas", informó el presidente de este organismo, Óscar Loza Ochoa. El último de estos casos que están documentados fue el 19 de enero de este año, por el cual el profesor Loza ya ha hecho la recomendación correspondiente [...]. Como un adelanto de *Vigilantes nocturnos,* informó Daniel Quiroz, reportero».

La apagó, Pinche Quiroz, sigues pateando el pesebre.

Como una maldición, del bolsillo le llegó la fragancia. Sacó la tarjeta, vio el número, la olió. Rico. Un alto lo detuvo en Zapata y Bravo, entre los carteles había dos: uno que mandaba a la Col Pop, otro a la Ley Tres Ríos, cuyo estacionamiento era lugar de encuentro. Marcó. Antes de que respondieran cortó y enfiló rumbo a su barrio. Transpiraba. Maldecía. Golpeaba el volante. Al llegar a la Santa Cruz se arrepintió, giró en redondo y se dirigió al Tres Ríos. Bien dicen que para pendejo no se estudia.

Recordar y morir.

Dobló rumbo al hotel Fiesta Inn, pasó bajó el puente de la isla de Orabá y un minuto después se estacionó en el lugar acostumbrado. Vio cómo el chico de la boina salía con un carrito y lo descargaba en una camioneta Windstar. Sonrió. Sin amor soy una mierda.

Le respondió a Laura, que le contó el asalto. Estoy muy asustada, comandante. Haz tu vida normal y no dejes que se te acerquen personas desconocidas, luego te busco. ¿No puede ser ahora? Imposible, mañana te marco. Apagó el aparato.

Cuarenta y cinco minutos después, sin atreverse a dar el paso, convencido de que hacía lo correcto llegó a su casa.

Goga Fox lo esperaba. Encendió el celular anhelando que le llamara Dios, el diablo, quien fuera. Sólo llamadas perdidas de ella. Se acercó sonriente, falda blanca, blusa roja, el perfume habitual, ocupó el asiento del copiloto. ¿Me llamaste? En la puerta Ger ondeó su mano con una sonrisa entre fraterna y pasmada. ¿Por qué no vamos a Altata?, tengo ganas de un ceviche con Gustavo y, si lo deseas, de una vez platicas con Mariana, miró sus piernas fuertes, ejercitadas; también nos podemos quedar en la ciudad, digo, si no tienes compromiso con la agente de tránsito. Sin pronunciar palabra aceleró rumbo al Zapata, una de las salidas al mar.

Quien sepa de amores, que calle y comprenda. Atentamente, J. Solís.

Treinta y cuatro

Beatriz se hallaba inquieta. Vio a la madre ensimisma-
da, sin fuerzas para llorar y tuvo miedo, se tocó el vientre.
¿A qué aspiraba una mujer con dos hijos de su ex jefe? Un
tipo al que Ezequiel maldecía. ¿Por qué tú? Ezequiel, dime
quién fue y por qué; ya sé que no pudo ser ella pero no
consigo dejar de pensarlo; según tú la querías tanto que
ni con todo lo que te ofendía dejabas de insistir, evidentemente te extralimitaste. A mí, que soy la que te adora, sólo
desprecios, como en el soneto de sor Juana que dije en
aquel recital: «Al que ingrato me deja, busco amante; / al
que amante me sigue, dejo ingrata; / constante adoro a
quien mi amor maltrata; / maltrato a quien mi amor busca constante». ¿Siempre será así?

Dejó a la señora para recibir los saludos de sus compañeros actores y conversar un poco, a todos les parecía
estupenda la oportunidad de estudiar en México. En cualquier sitio menos aquí. Se relajó. Luego llegó el Mandrágoras al frente de la clica del barrio. Eran trece, vestían pla-
yeras negras y *jeans* rotos, algunos con los pelos pintados.
Uno de ellos escribió en una de las paredes blancas del
velatorio con letras de buen tamaño: «Eze rifa barrio 32».
Beatriz pidió a los empleados de la funeraria que no se
alarmaran, que incluyeran ese detalle en el costo. Mi Bety,
sentenció el Mandrágoras. Mi Eze rifa, ninguno como él,

quiero que sepa que estamos muy agüitados y que vamos a buscar al que le dio pabajo, ya fuimos al lugar donde cayó y nadie vio nada, nomás que le dieron cran con una bala de plata. ¿Te dijeron allí? Ya sabe que tengo mis conectes y bueno, lo que se le ofrezca, usted nomás diga.

Treinta y siete minutos después llamó a Mendieta y le contó. ¿Cómo la ve? Ni que hubiera sido hombre lobo, se oyeron unos gritos despavoridos. ¿Qué fue eso? Beatriz, agradezco tu llamada, ahora voy a resolver una bronca, luego te busco en la funeraria. Pero ¿está bien? Perfectamente, vine a visitar al Gori Hortigosa, un amigo muy querido pero que no ha dejado de trabajar.

Guillermo Rodríguez bebía de una pequeña ánfora plateada. Beatriz le llevó café. Mejor tome esto, papá, para que aguante hasta la noche. Gracias, mija, si necesitas algo, sólo tienes que pedirlo. Me acaba de decir el Mandrágoras que lo mataron con una bala de plata, como al licenciado Canizales. Las desgracias nunca vienen solas, hija, es ley divina. Pues sí, ¿irá a venir mi mamá? No creo, lo ha llorado como si hubiera sido su hijo pero no puede moverse; Dante está afuera con sus amigos. Lo vi.

Se sentó nuevamente al lado de la madre, se detuvo en su rostro pétreo: Llore, señora, le hará bien, se volvió a mirarla. No, mijita, ya lloré mi parte, lo demás le toca al padre y no lo voy a hacer por él, apretó los labios.

Se abrazaron.

Treinta y cinco

Iba a apagar su celular cuando le llamó el Foreman Castelo: Acabo de escuchar lo de tu casa en *Vigilantes nocturnos,* güey, lástima que no te mataron, ahora estaríamos tomando café tranquilamente, contando chistes y tus jefes con un salivero diciendo que eras un placa ejemplar, el preciso para acabar con la violencia y el papá de los pollitos... Cuando me prestaste el carro te conté, ¿no me creíste? Creí que exagerabas, ahora, según éstos, encontraron noventa y seis ojivas percutidas, debes haberte puesto bastante malito, ¿no? Eran ciento dos casquillos, ¿te parece que te regrese la llamada en un rato?, estoy en una M-26. Ya valiste madre, ¿no quieres saber lo que me encargaste? Para eso me gustabas, te escucho. Ya no te acordabas, ¿verdad, cabrón?, tienes la cabeza llena de mierda, igual que todos. Suelta, que voy a entrar a una reunión con mi jefe. Estanislao Quevedo estuvo hospedado en el hotel San Marcos, vino a hacer un jalecillo para el Queteco Valdés, parece que después lo bajaron y lo tiraron encobijado en el Piggyback, hace varios días, es todo. ¿Algo sobre las balas de plata? Me informan que trabaja al gusto del cliente. Gracias, mi Foreman, luego te llevo tu carcacha. Ya quisieras, cabrón, y cuídate, no vayas a terminar con unos gramos de plata en la cabeza, supe que se escabecharon a uno por la Clouthier. Ya sabes cómo es inquieta la raza. No te olvides de mi regalo el día del padre.

Estanislao Quevedo o Contreras es un nombre con marca, tal vez el que vimos en el Piggyback.

¿Avanza el caso?, dejaron atrás el monumento a Zapata. Lo acaban de suspender. ¿Por qué? No estoy seguro, tal vez sea obra de Marcelo Valdés o de algún otro pez gordo; si crees que la Policía vigila, estás equivocada, la Policía debe seguir un carril muy estrecho y es vigilada para que no se salte las trancas; Bruno Canizales resultó ser un caso imposible. Que si mal no recuerdo son tus preferidos. Pues sí, la línea de flotación es tan severa que al menor descuido te desplomas, pero como se trata de un caso imposible no pasa nada. Se salvó el asesino, dijo besándole la mejilla. A lo mejor me salvé yo, ¿qué has hecho? Viajar, ya sabes que me patina por los pueblos de Europa, caminar sus callejuelas, el vino, los cafés, la noche que nunca acaba de llegar. ¿Por qué me buscaste? No sabía nada de la muerte de Canizales, les confié a mis amigas que venía a verte, que no estaba conforme con la manera en que nos habíamos separado y que quería darte una explicación; que fueras a casa de Mariana fue idea de Samantha; poco antes de que llegaras me contaron tus desencuentros, las muy perversas; sé que Valdés no era pobre, que administró con tino la herencia de su esposa, ¿por qué se hizo narco? Es un misterio. O esa debilidad humana de que «cuanto más tienes más quieres». Es de Badiraguato. ¿Crees que la tierra tiene que ver? No sé. Edgar, si no me equivoco, desde que salimos de tu casa nos sigue esa Lobo blanca, reconoció que se hallaba tan nervioso que se había descuidado. ¿Segura? No tanto, pero tengo esa impresión. Distinguió dos hombres con lentes oscuros, sacó su Beretta de la guantera y se la puso entre las piernas. Dios mío, exclamó ella, iban frente al supermercado Soriana, por el bulevar Zapata, bajó un poco la velocidad, Goga le besó la mejilla muerta de nervios, la Lobo aceleró y antes de llegar al semáforo con Manuel Clouthier, el copiloto destapó un AK-47 y le vació la carga a quemarropa, las balas rebotaron en el cristal y en la lámina de la portezuela, los otros conductores se abrieron apresuradamente, Goga se agachó y se cubrió la cabeza con los brazos. Si esos idiotas se quieren matar hay que ayudarlos, Mendieta les echó el carro encima y terminaron estrellados en un poste de concreto, luego pidió a su acompañante: Aléjate y toma un taxi, en cuanto salga de ésta te marco. ¿Estás bien? Claro. Puedo quedarme, no hay problema. Haz lo que te pido. Enseguida llamó a sus compañeros.

Los sicarios salieron de la camioneta por su propio pie con algunas magulladuras. Tiren sus armas, ordenó el detective parapetado atrás del BMW, vio caer el cuerno y dos escuadras de uso exclusivo del ejército, se acercó con precaución, los cacheó y los obligó a hincarse en el pavimento. Compa, usted está marcado y va a caer, ni al caso que se resista. ¿Ah, sí? Los pateó, les atizó cachazos hasta que sangraron de cabeza, nariz y boca. ¿Quién los contrató? Compa, no se haga el vivo, hay un chingo de raza que quiere darle piso, usted no va a llegar a viejo, puede matarnos si quiere pero no se lo vamos a decir. Cinco minutos después llegaron Quiroz y dos camionetas de la Policía Ministerial en las que fueron trepados.

El periodista contempló el operativo anotando en su libreta: Mi Zurdo, ¿crees que sea una secuela del atentado a tu casa? Si en verdad consideras que me debes algo, mejor que no trascienda esa onda, Quiroz. El público tiene derecho a saber, mi Zurdo. Pues que vayan a la universidad, que consulten Internet, hay cosas más interesantes que una pinche balacera. Oye, no te conocía este carro. Yo tampoco. Antes de que te vayas, restringieron la información sobre Canizales. ¿Cuándo? Hace tres días. Por eso sacaste lo de Loza. Más o menos. ¿De dónde vino la orden? Del cielo. Qué vas a hacer, el público tiene derecho a saber. Chuparme el dedo.

Cincuenta y dos minutos más tarde, luego de una intensa sesión con el Gorila Hortigosa, el experto en zonas de silencio, estaban confesos y en el hospital: eran los mismos que habían perpetrado el atentado contra la casa del detective y los había contratado Ernesto Ponce, ex judicial, más conocido como el Gringo, por su blancura y ojos azules. El que lava la ropa, reflexionó el detective. Pasó la información a Briseño, que a decir verdad no sabía cómo proceder. Espero que cuando menos haga una llamada, le reprochó Mendieta, usted que es el de las buenas relaciones. Lo dejó con la palabra en la boca.

Se metió al bar del hotel San Marcos, se echó dos tequilas y tres cervezas en la barra. ¿Qué hago, le llamo, voy por ella o la olvido? Que haya venido a buscarme ¿es una señal de Dios? Jóvenes, hacen tan buena pareja que quiero verlos juntos, tú, deja a ese estúpido con el que vives y vete con él, es el que te tengo asignado, y tú, no debes estar solo, ¿acaso no proclamé el amor, no dije amaos los unos a los otros? Incluso puedes contarle tus problemas, toda esa basura que traes en la mente. La veía caminar al baño a lavarse, la veía regresar fresca, con el pelo recogido, buscando los cigarros. ¿Te acuerdas cuando se quedaron dormidos?, que al encender su celular farfulló: Mi marido me va a matar. Qué angustia no saber qué hacer. Pinche inconsciente, casi te matan y sigues clavado en la Biblia. Por eso estamos como estamos.

El bar se hallaba a la mitad. Interrumpieron un partido de futbol para dar una cápsula informativa de la televisora local. Mendieta pidió otro tequila y otra cerveza sin atender a nada.

Usted es policía, acusó el cantinero con gesto frío, está saliendo en la tele golpeando a dos jóvenes involucrados en un choque, un señor lo grabó desde su carro con su celular; ¿alguna vez cambiarán ustedes?, ¿alguna vez respetarán a los detenidos?, ¿alguna vez considerarán los derechos humanos?; esos pobres jóvenes prácticamente masacrados por un insignificante choque contra un poste donde no hubo pérdidas humanas. Tuvo el impulso de saltar la barra y molerlo a patadas: Le voy a dar un consejo, amigo, nunca se meta en lo que no le importa. Esto nos importa a todos, señor, México está cambiando, aunque usted no contribuya, ahora hay más democracia. Democracia mis huevos y deme la cuenta antes de que cometa una barbaridad, echaba chispas. La casa invita. Invita a tu puta madre, güey, me das la cuenta o te rompo la madre.

Salió deseando que fuera a otra vida.

Treinta y seis

No te entiendo, Goga, ¿por qué te ha costado tanto dejarlo?, es como si estuvieras casada con él; eso no me gusta de muchas mujeres, toman un amante y como si se hubieran acabado los hombres, se vuelven ciegas, sordas y mudas. Bueno, con él he vivido emociones que no hubieran sido posibles con otro. Pero si es un pendejo. A lo mejor por eso, querida amiga. No seas cabrona, no me des por mi lado; mira, sobran varones que quieren echarse una cana al aire; olvida a ese idiota, no es más que un pinche poli dejado de la mano de Dios, qué bueno que no lo trajiste. No íbamos a llegar contigo. Lo hubiera echado a patadas con perdón tuyo, nomás de verlo se me viene la regla, ojalá haya sido nuestra gente la que intentó quebrarlo, de paso hasta te quitamos ese peso de encima. ¿Nunca has pensado que me afecta que lo odies tanto? No seas ridícula, no creo que ese imbécil sea importante para nadie y menos para ti que lo tienes todo; estás enredada por falta de acción, mi reina, vives en Los Ángeles, búscate un negro y verás que amaneces cantando, se oyó un disparo y el gañido de *Luigi*. ¿Qué pasó? Samantha se asomó por la ventana que daba a la alberca y más allá a la playa que a esa hora se hallaba desierta, Goga, algo ocurrió afuera. ¿Qué? No sé, oí un tiro y el perro gruñó, vio que Mariana corría hacia la casa y salió a encontrarla: Mariana, qué suce-

193

de, exclamó. Un hombre me disparó y mató al *Luigi*. Goga, mataron al *Luigi* y Mariana está aterrada, deja ver qué onda, luego hablamos. Cortó.

A Mariana se le salía el corazón: El perro estaba conmigo, vi un tipo que se acercaba, pensé que era uno de los guardias, pero me balaceó, pobre *Luigi*, Rojas, Miguelillo, gritó, una lancha arrancó a toda velocidad en medio de una balacera. Los pistoleros regresaron por su lancha pero Samantha los detuvo. ¿Cuántos eran? Uno. Y ustedes tienen reumas o qué, pendejos, se acercó a ellos y le propinó una cachetada a cada quien. Uno les da una oportunidad y les vale madre, no quieren servir para nada. Marcó. Gringo, un cabrón intentó matar a Mariana y mató a su perro, huyó en una lancha rumbo a la zona de restaurantes, tú verás a quién llamas, ah, los plebes que me pusiste valieron madre, llévatelos y mándame unos que sirvan, se encontraban en la playa. Mariana acariciaba a su perro, lloraba, una de sus manos escurría sangre, en eso el animal intentó levantarse, su dueña gritó: Sam, el perro está vivo. Debe estar herido porque estoy llena de sangre. Vamos con el veterinario. Rápidamente subieron a la Hummer verde y salieron disparadas en busca de auxilio para el cocker spaniel.

Sonido de celular. Mariana, respóndele a la Goga. ¿Qué pasó, estás bien? Sí, Goga, gracias, un poco impresionada, hirieron al *Luigi* pero está vivo, ahora mismo lo llevamos al veterinario a Navolato. Qué bueno, avísame de lo que pase, qué susto me diste. Lo haremos. Cortó. No cabe duda de que esta cabrona es buena amiga, comentó Samantha.

Al salir del pueblo rebasaron una camioneta de cristales oscuros desde la que fueron reconocidas y que no obstante continuó a velocidad moderada, tras las luces rojas de la Lobo negra de los guaruras.

Treinta y siete

Era sábado y Ger se había tomado el día. Por la noche habría un concierto de Luis Miguel y quería estar fresca. Una nunca sabe, me lo puedo encontrar y debo estar atractiva, animosa y dispuesta para el misterio de la vida. Desde el día anterior la agente Toledo andaba en asuntos personales.

Aunque durmió mal se levantó tarde, puso a Elton John, *Daniel,* y se sirvió su Nescafé. ¿A quién observaría Ezequiel Barraza?, esa persona ¿supo que nos encontraríamos?, ¿de dónde me llamó Ezequiel?, reconoció que aunque no iba a seguir en el caso se hallaba atrapado en él, en su imposibilidad. Antes de borrar intentó traducir lo que mostraba la Palm. A lo mejor la afectaron las partículas cósmicas, dicen que llegan y dañan lo más inesperado, desde un radio de transistores en un rancho hasta una estación de seguimiento espacial: «bal de plat, ritual?». ¿Un ritual con balas de plata? Mañana buscaré al profesor Rendón y prometí no llegar tarde; mientras me libro de este influjo me permitiré pensar un poco, todo delito tiene autor, ¿quién será el de éste? Veré qué averiguó Rendón. Iba a dejar la Palm sobre el buró pero aparecieron varios números. ¿Y esto? «In. Canizal», se leía con una letra horrible. El teléfono del ingeniero Canizales. ¿Le aviso? Nomás por fastidiarlo marcó, dos minutos después escuchaba al susodicho. ¿Cómo le fue en el DF? Bien, todo el mundo en lo suyo, trabajando fuerte; por cierto, mi abogado llamó esta mañana a la Jefatura y nadie supo darle razón de usted y tampoco consiguió su celular. Usted dirá. Quiero que suspenda la investigación sobre la muerte de Bruno de manera definitiva y si me permite no deseo ahondar en explicaciones. ¿También a usted lo convencieron? Nada de eso, detective, sucede que no tengo ningún interés en despertar enconos. No se preocupe, yo tampoco, justo le llamaba para notificarle que el caso de su hijo se cierra por orden de la PGR, aunque su esposa sostiene que el culpable es usted. Lo sé, sin embargo es irrelevante. No cuando usted va por la grande. ¿Me está acusando? No me atrevería, sólo pienso en la cantidad de pasiones que se desatan, además el caso está cerrado. Entonces nada tenemos que tratar. Mucha suerte, ingeniero, y no olvide que tiene mi voto.

Qué novedad: detesta agitar el agua; de seguro le teme al Queteco Valdés; pobre tipo, pobres nuestros notables metidos hasta el cuello.

Tomó la libreta y descubrió varias notas, entre ellas la del raro perfume, LH, lo había olvidado. Le marcó, luego de doce timbrazos respondió. Aquí Mendieta, deseoso de volver al Dandy del sur. Zurdo, ¿en qué estás? Estoy paladeando unos deliciosos camarones con limón y chile rojo, molido, con una cerveza bien fría. Yo langosta con frijoles y creo que estamos empatados. Cada quien su paraíso, mi amigo. Agregaría que tengo abierta una botella de Chateau Camou del 94, llegada ayer de la Cañada del Trigo. Cada quien sus adicciones. Significa que admites el desempate. ¿Cómo está Tijuana? Impresionada por las acciones del 28 y sus honorables gemelos. ¿Tiyéi impresionada? Cuéntaselo a la niña de tus ojos, te saluda Magda, dice que le debes la historia del día de Malverde. Se la conté, ¿no?, estaba tan borracha que no se acuerda. Oye, Zurdo, antes de que lo menciones, no he podido profundizar en la muestra que me enviaste, me ha llovido trabajo, incluyendo tres del gabacho, uno de San Diego y dos de San Bernardino, estoy por las veinte horas diarias. Mi Ele, no te preocupes, acabamos de cerrar el caso. ¿Y eso? Nomás, era demasiada inversión y estamos en una crisis espantosa, así que después de ese manjar que estás saboreando, echa las muestras al caño y sanseacabó. Pero ¿no atraparon a nadie? Ni siquiera a un chivo expiatorio. Entonces te debo una. Consigue vino suficiente que las langostas las pongo yo. Y los frijoles los conseguimos con mi mamá. Que son los mejores del mundo.

La risa, remedio infalible, atentamente: *Selecciones*.

Treinta y ocho

Al atardecer Goga llegó en taxi a la Col Pop. Por teléfono se dejó convencer de acompañarla a Navolato donde *Luigi* fue intervenido en la mañana cuando al veterinario se le bajó la borrachera. Se hallaba en la sala de recuperación.

En el vestíbulo se encontraron. Samantha lo encaró: ¿Qué buscas, basura no reciclable? Sam, por favor, yo lo traje, casi le rogué para que me acompañara. Pues ya cumplió, ahora que se largue. ¿Cómo está el perro? Bien, nos lo entregarán de un momento a otro, la bala rompió una costilla y no alcanzó a salir; según el veterinario, por viejo, está en ese envoltorio. ¿La puedo ver? Mendieta se dirigió a Mariana. Tú aquí no puedes ver nada y si no desapareces ahora voy a mandar que te saquen a patadas. Samantha no cejaba, pero Mariana le pasó el papel.

Era de plata.

Probablemente sea del asesino de Bruno Canizales, expresó y se la guardó. Las mujeres se volvieron a verlo: Naturalmente que su objetivo no era el perro; a nosotras nos importan madre tus logros, héroe de pacotilla. Sam, somos amigas, por favor, te suplico que seas tolerante. Seguro sabes que el caso fue cerrado. No me digas, ya me estaba gustando ser sospechosa, supongo que al fin podrás cumplirle a ésta, que la verdad, no sé qué te ve. No es que me importe, pero resulta evidente que ustedes también están en la lista del asesino. Goga lo miró desconcertada, ¿qué caso era éste? A mí me la pelan, comandante, tú y tus sospechosos. Me disparó, intervino Mariana con voz lastimera, vi cómo me apuntó. ¿Dijo algo? Samantha iba a intervenir pero Goga la abrazó. Nada, lo vi caminar por la playa, a unos ocho metros nos apuntó y escuché la detonación, yo grité y él huyó corriendo porque los muchachos salieron a toda prisa. ¿Joven? No lo alcancé a ver, a lo mejor sí porque corría muy rápido, escapó en una lancha. Pelo largo, corto, calvo. Usaba cachucha. ¿Viste el nombre de la lancha? No, estaba lejos. ¿Y los guardaespaldas? Samantha los mandó a Culiacán, pero están afuera. Se volvió a las mujeres abrazadas: Una cosa, señora Valdés, deje en paz a Laura Frías, ella no tiene por qué ser víctima de sus malos ratos. Pues que no ande de hocicona, no pudo decir más porque Goga le tapó la boca.

Oscurecía.

Los guardaespaldas, dos tipos de unos treinta años, camisas Versace, cadenas de oro, gorras de beisbol, se encontraban recargados en su Lobo negra doble cabina. De seguro las compran por lotes, reflexionó el detective. No vimos ningún nombre en la lancha. Me pareció que era joven, corría rápido y era hábil maniobrando la embarcación, que por la rapidez debió traer un motor de trescientos sesenta caballos de fuerza.

Tomó rumbo a la zona de restaurantes. En ese momento salieron las mujeres, Samantha cargaba a *Luigi*, que había despertado de la anestesia y se dejaba mimar por su ama que iba al lado. Antes de subir a la Hummer paró las orejas y ladró sin energía, algo que las mujeres celebraron, luego se fueron seguidas por la Lobo.

Recordó a Dante, ¿cómo entraban en su teoría Mariana y su perro?, ¿qué importancia tenían en el conjunto que englobaba a los muertos? Qué bueno que suspendieron la investigación. Me hubiera vuelto loco.

Abordaron el BMW sin advertir que a unos metros se encontraba la camioneta de vidrios oscuros, con el motor encendido y sin conductor a la vista.

Iban a la altura de San Pedro, Goga estaba encendida y le besó una oreja. Su aliento ardía. Zurdo, el Zurdo Mendieta, ¿quieres que te diga Zurdo? No. ¿Por qué?, voz suave, quebradiza. Eres la única que me llama por mi nombre. Bueno, pasó su lengua por el lóbulo, se me antoja una Gogacola. Mendieta se debatía entre dos fuerzas: por un lado el resentimiento que lo cocía, por el otro la sensación de ser varón a punto de ganar la batalla. Puso una mano en sus muslos tibios, ella la tomó y muy despacio, la llevó a su entrepierna. El BMW aminoró la velocidad. El Zurdo miraba la carretera como una banda de Moebius. Nunca vio a la camioneta de vidrios oscuros que se le emparejaba en los reductores de velocidad de Aguaruto y permanecía un instante a su lado, posiblemente escudriñando; mucho menos advirtió cuando lo rebasó sin poner las direccionales.

Un día se lo preguntó: ¿Por qué siempre te lavas ahí? Todos querían saber y ella siempre respondía lo mismo: No sé, ¿no lo hacen todas? Mi mundo es pequeño. Por lo visto el mío también. Fue la última vez que se vieron, después él leyó en Internet que eso ayudaba a evitar el cáncer intrauterino.

No había cambiado: mismos lunares, misma agitación, mismo paso abrasador. Meditaba: ¿Qué tiene el sexo que ata con tanta determinación?, ¿qué tiene que conecta el cerebro y afecta las conductas más elementales?, ¿cómo es que genera tanta dependencia? No me gustaría saberlo. Me duele decirlo pero no puedo pensar ni estar con otra. No puedo, tiene razón Parra, incluso puedo mencionar a Bardominos sin sentirme acorralado. Montaño debe ser de otro planeta, ¿de qué otra manera se puede explicar su comportamiento? Goga regresó con la misma frescura, esta vez no fumó, simplemente lo abrazó, le acarició el pelo y se quedaron dormidos.

Cuando terminaban de desayunar encendió el celular, tenía nueve llamadas perdidas, entre ellas dos de Montaño. Ya me dijeron lo de Briseño, no te preocupes, le quedó todo claro. Ya sabes lo que pienso y no te llamé para eso; te busqué para informarte que el semen de Ezequiel Barraza coincide con el que encontramos en Paola Rodríguez; te debía ésa, y ahora no me verás la cola hasta mañana a mediodía. ¿Estarás bien? No tienes idea de cuánto.

Se quedó quieto, meditando, Goga bebía un segundo vaso de jugo de naranja. Mesa al fondo en La Chuparrosa Enamorada. Al lado una parvada de gansos nadaba en el canal Rosales. ¿Pasa algo? Cerraron el caso pero el muy cabrón se está resolviendo solo. Cuéntame. Mejor te canto. ¿Todo bien, Edgar?, Jorge Peraza les sirvió más café. Mejor, imposible, Jorge, gracias. ¿Por qué no han tocado las natas, no les gustaron? Aquí mis ojos que no quiere perder la línea. Menos mal que es por eso, ¿y tú? Me he solidarizado.

Cuando resuelves un caso, ¿qué sientes?, le cogió una mano. Una profunda paz, algo como una noche con sueño. Quiere decir que ahora estás impaciente. Como perro rabioso. El asesino te ha derrotado. Sí, se establece una competencia muy fina, sin embargo no fue él, factores externos me impidieron continuar. Don Marcelo, agregó Goga. El que te conté, Valdés y su monstruoso imperio de intereses. Ahora que han atacado también a Mariana, ¿no piensas que tal vez nada tengan que ver? Es posible, ocurre que tengo información de que un pistolero traído por el Gringo, operador del Queteco, estuvo en la ciudad el mismo día que Bruno Canizales caminó y al siguiente apareció acribillado en el Piggyback, y no te olvides del atentado. ¿Y Paola? No creo, se inmoló con una Beretta y a Bruno le dieron cran con una Smith & Wesson, y luego ese asunto de las balas de plata, hasta al perro le tocó. Aunque era para Mariana. Igual no lo entiendo, ¿por qué ese derroche? Tal vez trata de ser original. ¿Será posible? ¿Por qué no? Si fue don Marcelo, ya te ganó, ¿pero si no? Nos quedaremos con la duda, a menos que se entregue. O te encuentre, apenas antier dio la cara en Altata, ¿no crees que te ande siguiendo? ¿A mí?, ¿por qué? Eres el cabecilla. Mejor vayámonos, a las once debo ver a un tipo en el Miró.

Dejó a Goga en casa de Mariana Kelly.

Le llamó a Quiroz: Te oí, cabrón, y la verdad no te entiendo. Mi Zurdo, no es contra usted, ni soy yo; un amigo me pidió ayuda, así de sencillo. Quién. Un güey de la PFU, además no mencioné nombres. Está bien, en cuanto al caso Canizales la situación es la siguiente. Te pararon, lo sé, hay gente pesada involucrada y prefieren no mover el agua. Algo así. Incluso dicen que si Hildegardo Canizales consigue la candidatura será con el respaldo de Marcelo Valdés. Siempre han estado en el mismo barco; ¿sabes qué es lo extraño?, que estoy muy cerca del asesino, creo que me anda buscando. Vamos haciendo una campaña de prensa para darle notoriedad y ponerlo nervioso, para que cometa un error, lo último que intentó fue asesinar a una señorita decente en Altata y terminó hiriendo a su perro. Hazte cargo, sin nombrar el caso, puedes titularle «El asesino de las balas de plata» o como se te ocurra. ¿Cómo se llama la señorita decente? Yesenia Guadalupe Pereira Ortiz. Órale.

Rendón bebía cerveza y leía a Ricardo Piglia. Creí que me iba a dejar plantado, profesor. Tú llegas tarde como siempre. Es una cultura que no quiero dejar de practicar. Es el subdesarrollo asumido. ¿Le entregaron el carro? Ese muchacho, Rodolfo creo que se llama, en cuanto vio la servilleta me lo devolvió y no quiso ni para las cocas. Le dije, ese hombre da la vida por mi compañera, ¿y qué hay de las balas de plata? No encontré mucho, es un mito que pertenece a la cultura occidental, Plinio el Viejo fue el primero en escribir sobre él, trató el caso de un hombre lobo. Ahora abarca tanto a los hombres lobo como a los vampiros; el vampiro, otro de los mitos de la eterna juventud, posee un gran atractivo sensual y sexual, ostenta elegancia, fuerza y vitalidad; temen a la plata por su pureza y su uso se remonta a 1767 cuando utilizaron una bala de plata hecha con medallas de la virgen María para matar a un hombre lobo en Francia. Entonces, tiene que ver con los apetitos sexuales. Están muy ligados, sobre todo los vampiros. ¿Incluye el uso de perfumes exóticos? No sé, tal vez en Oriente donde los aromas son parte de los rituales. ¿Por qué cree usted que matarían a dos individuos con balas de plata en

Culiacán? Mire, detective, yo soy de Mochis, sonrió. Mendieta no comprendió pero igual le dio las gracias: Tómese otras cervezas a mi salud, le hizo una seña a Rudy, fue un placer, y gracias por su ayuda.

Si les digo, el caso marcha solo.

Treinta y nueve

El lunes empezó mal a pesar de la lengua en salsa verde que en el desayuno le sirvió Ger, a quien los guardias de Luis Miguel mantuvieron a raya durante toda su actuación. ¿Lo puede creer, Zurdo?, ni la minifalda respetaron esos cabrones. Deben ser jotos y lo querían para ellos. Dirá verdad, porque estuvieron de lo más impertinentes; oiga, los de la procu vinieron temprano, estaba usted leyendo y no lo quise interrumpir, ¿vio lo que hicieron? Nomás repusieron los cristales, dijeron que ésa fue su orden, ¿usted cree? ¿Van a volver? Que no.

Le marcó a Briseño a su casa. A ver, Mendieta, algo debes saber, ¿crees que unos huevos Benedictine deban llevar jengibre?, ¿crees que agregue algo a su sobriedad? No creo. Es lo que le digo a Adelina, pero no quiere entender, te la voy a pasar para que vea que no es cosa mía. Mejor no, jefe, le hablo para enterarlo de que los de la Procuraduría sólo cambiaron los vidrios de la ventana, que lo demás no estaba en su orden. Deja llamar al licenciado Barraza, pero seguro te la arreglan, no te preocupes que ahora es más importante que le digas a Adelina que... Colgó. Tomó un sobre de la mesita del teléfono. Contenía el recibo del mes.

Sorpresa.

Ger, ¿qué es esto?, le pasó dos páginas impresas, ¿cuatro mil pesos, todas esas llamadas a un mismo número qué significan? ¿Cuatro mil?, de qué, si apenas usamos el teléfono, usted puro celular. Es lo que digo, es una canallada; sin embargo, algo le vio en la cara que insistió: a ver Ger, ¿conoces ese número? Pues no estoy segura, mi Zurdo, ¿quiere otro Nescafé? ¿No estás segura?, Ger, de quién es este número. Pues, creo que de Walter Machado. ¿Walter Machado?, ¿quién le llamó a Walter Machado? Pues... Ger, no me digas que crees esos disparates. No, no creo, se limpiaba las manos secas con el delantal. ¿Entonces? Es que... ¿Te gastaste este dineral hablando con este señor que cobra por minuto? Si quiere descuénteme poco a poco, nomás déjeme para comer y para comprarle cuadernos a los plebes. Me dan ganas de ponerte en manos del Gori Hortigosa, ¿por qué lo hiciste? ¿Le digo la verdad? Esbozó una sonrisa inocente. Más te vale o te dejo tres días en la bartola. Es que quiero saber quién será el padre de mi próximo hijo. ¿Hablas en serio? Zurdo, todavía no se me recoge la regla, me dijo que sería un Luis o un Miguel, por eso le hice plantón a Luis Miguel, no tenía pierde; ayer dijeron en las noticias que Miguel Ríos viene a la ciudad el próximo mes, imagínese, el abuelito del rock; si me lo permite a las doce quiero salir un rato, voy a inscribirme al gimnasio que está cerca de la Santa Cruz, quiero fortalecer esta parte, se tocó las nalgas, usted sabe, si están duras, no hay varón que se resista, oiga, ¿qué pasó con la güerita, está que nomás tienta, no? Lo que quiero saber es cómo vamos a pagar esto. ¿Le digo de dónde?, los de la procu le trajeron un sobre, se lo dejé en el buró, comentaron que era su Navidad. Eres un desastre, Ger, de veras. ¿Me va a acusar de abuso de confianza? Mejor se refugió en su estudio; leyó, pensó en Goga y sonrió todo el tiempo.

A mediodía se marchó, debía pasar por la Jefatura y entregarle el carro a Castelo. El suyo estaba listo en el taller.

Le dejó la bala a Ortega, quien al verla vaticinó que había sido disparada por una Beretta, probablemente la misma que mató a Ezequiel Barraza. Estaba tan motivado que, aunque sabía que era inútil, no dudó en hacerle la visita a Beatriz, tal vez el chico hubiera comentado algo más. Antes llamó a Goga: ¿Cómo estás? Deseosa, Edgar, a Mariana le gustaría contarte algo. ¿Sobre? Sobre alguien que está empeñado en que lo encuentres. ¿Mariana es la clave? Vaya suerte la mía, cree haber visto al tipo que le disparó afuera del edificio. Ah caray. Estaremos en casa todo el día, sin Samantha. Milagro que las dejó solas. Su papá está enfermo y anda inquieta. Entiendo.

«Ahora fue contra la señorita Jéssica Guadalupe Pereira Ortiz, el asesino de las balas de plata perpetró su ataque en las populosas playas de Altata mientras la señorita jugaba con su cachorro; la policía asegura que lo tiene cercado, que por las evidencias que ha dejado se trata de un tipo con serias limitaciones, para decirlo de otra manera: se trata de un tonto de capirote que no podrá afectar más gente decente. Para *Vigilantes nocturnos,* Daniel Quiroz, reportero.»

Mariana: Ayer en la tarde *Luigi* se hallaba muy inquieto, sé que no puede pasear pero era la hora en que normalmente salimos, detesto que me mire con esa cara de bobo, como si lo estuviera traicionando, así que lo saqué, nomás a la puerta del edificio y allí vi al hombre, con las manos en los bolsillos del pantalón, recargado en una camioneta verde, vidrios ahumados, me clavó la mirada y sentí escalofrío, el *Luigi* empezó a ladrar y no se calló hasta que entramos a la casa, me asomé por la ventana y se había marchado. ¿Cómo puedes estar tan segura? No sé, las mujeres simplemente sabemos. Intuición femenina, subrayó Goga. También su forma de mirar, sentí repulsión, odio concentrado; no sé, el caso es que me dio miedo. Me habías dicho que era joven. Sí, por cómo corría, pero ahora lo vi maduro, un señor fuerte, con la gorra, alto, sí, más o menos como tú, también delgado. Qué puedes decir de la camioneta. Verde olivo, tipo Cherokee, no vi más, es que me acobardé y me apresuré al elevador con el perro que no paraba de ladrar. Tal vez eres su nuevo objetivo, cuéntame de cuando amenazaste a Canizales. En realidad lo amenazaba cada rato, cada que lo veía con Samantha, nunca entendí por qué ella quería verlo y me daba rabia que me dejara en casa o que llegara a las quinientas, satisfecha, y sí, le pedí al Gringo que se hiciera cargo, le di mis ahorros, que por cierto se clavó; pero eso lo va a arreglar Samantha, y de qué manera. ¿Nunca amenazaste a Bruno Canizales en público? Varias veces, siempre estaba con viejas, una vez con la masajista, ¿cómo se llama?, un par de veces con esa chica linda que se suicidó, no creas que me detenía, hasta a ellas les decía sus cosas, que no iban a amanecer y eso. ¿Por qué tenías miedo de hablar conmigo? ¿Yo?, jamás dije algo así, jamás he temido hablar contigo puesto que no tengo vela en el entierro, el otro día no nos vimos porque te tardaste demasiado y tenía compromisos. ¿Y lo del Gringo? Mira, el Gringo tenía sus ondas, creo que está enamorado de Samantha, pero no me preocupo porque a ella no le interesa, en cambio Canizales la traía loca, en todo caso quiero ver que lo metas preso, es el consentido de don Marcelo. Pero acabas de decir que te esquilmó tus ahorros. Hace como ocho meses de eso. Goga; si quieres ocupen la habitación que da al río, Samantha se va a quedar con el niño en casa de sus padres y yo me puedo dormir en la otra, voy a pedir al Puro Natural unos jugos, ensalada y sándwiches, porque hay que comer y amar que el mundo se va a acabar. *Luigi* movió la cola.

Mariana los dejó solos. Goga abrió dos cervezas y sirvió tequila al detective. Extraño algo, manifestó. ¿Que no te he besado? Expresó besándolo: No, que no hueles, ¿te acabas de bañar? Se puede decir, ¿quieres que me perfume? Después. ¿Qué piensas del tipo?, acabó el tequila de un trago y bebió media cerveza. Está tumbado del burro. Seguramente no sabe que el caso fue cerrado. Es probable, o igual no le importa. ¿Nada te dice que sean más de uno? Nada. ¿Los indicios no te dan cierta seguridad? Pensó decirle que un día estuvo seguro de su amor y el resultado fue catastrófico, pero sonó su celular, era Gris Toledo disculpándose. Está bien, pero que sea la última vez que haces san lunes.

Tocaron. Era la comida. Jugos de frutas de diversos colores, ensaladas, sándwich Del Rey y quesadillas «ecológicas» para todos. Charlaron como viejos amigos y disfrutaron viendo al *Luigi* comer lechuga con el aderezo de Paul Newman.

A las seis se despidió. Debía hacer la visita a Beatriz. Le marcó, la chica le hizo saber que entraban a misa en ese momento pero que en cuarenta y cinco minutos estaría disponible. ¿Dónde estás? En el templo de San José, en Los Pinos.

Se comprometió a regresar más noche.

Caballería. Mendicta. Ya sé, güey, no necesitas decir eso en tu celular. Me gusta mi nombre, qué onda. Nada, que fue la misma pistola y si me permites creo que tienes razón, el asesino se te anda poniendo a tiro. En tu caso, ¿qué harías? Eres policía, cabrón, no diré que el mejor pero sí el menos pendejo, y si lo disfrutas, pues atórale. Gracias, ah, quiero que uses tus influencias y que bloqueen mi teléfono a toda llamada con adivinos, vendedores y promotores de larga distancia. ¿Incluida *hot line*? Ésa la tienes acaparada. Sobres pues.

Alejados de la puerta los de la pandilla conversaban en voz baja. En el atrio las señoras del barrio intercambiaban recetas, consejas y elogiaban al chico de la bici. Abelardo Rodríguez y Dante, que no soltaba el cubo, lo saludaron. El joven sonrió: Parece que no hay otro tema entre nosotros que no sea la muerte, detective. Ni lo diga, señor Rodríguez, ¿cómo van sus negocios? Regular, éste no ha sido nuestro sexenio, la inversión en la industria de la construcción es mínima, ¿gusta un trago?, sacó su ánfora plateada, perdón, solamente por hoy, ya tomaremos en las copas correctas y en el lugar indicado. Mendieta probó. ¿Encontró al homicida del licenciado Canizales? Estamos a punto; el asesino, porque ya sabemos que es varón, ha dejado huellas visibles, caerá en cuestión de horas. Pues lo felicito, dejaré de pensar que la Policía es una pandilla de facinerosos. Hay dos pandillas, una es la buena. A la que usted pertenece, por supuesto. Nada, yo estoy en la otra y soy feliz. Sabe que sí, lo veo bastante relajado, salud por eso,

¿no se pone tenso cuando está a punto de finalizar un caso? Para qué, la vida es más que el trabajo. Escuché en *Vigilantes nocturnos* que había sufrido un atentado. No fue nada, apenas una pared descascarada, ¿está Beatriz por aquí? Rodríguez pidió a Dante que llamara a su hermana. Debe estar adentro con la mamá de Ezequiel; oiga, si necesita material para reparar esa pared no se detenga, se lo digo de amigos.

Beatriz lo apartó, algo que a su padre no le agradó. Quiere que aborte, ¿cómo lo voy a hacer?, es lo único que quedará de él, me lo pidió en el mismo velorio y ha insistido, ya ni la friega mi papá; temo que con tanto alcohol se vuelva impertinente. Beatriz, perdona, me dijiste que Ezequiel fue asesinado por una bala de plata, ¿te acuerdas? Pensó decirle que el muy gañán se había acostado con Paola antes del suicidio pero no se atrevió. Tal vez es la misma persona que mató a Bruno Canizales, ¿crees que hayan tenido un enemigo común? No creo, Ezequiel detestaba a Bruno, si hubiera sido malo lo hubiera matado desde cuándo, y si lo quiere saber, no me está gustando nada todo esto, es un ritual desesperante, su mamá está trabada, no puede llorar, ¿creerá que su padre no se paró en la funeraria?; tampoco creo que venga a las misas, la señora está que no la calienta ni el sol. Pero tú estás acompañada de tu familia. Cuál, bueno, Dante sí, él ha estado siempre ahí, mientras no le impidan pensar en el cubo de Rubik no hay problema, mi madre permanece con la señora, pero mi padre acaba de aparecer y ya ve cómo viene, mi mamá cree que anda con otra vieja porque ha llegado con las camisas pintadas; para mí que no halla cómo vivir la ausencia de Paola. El día que Ezequiel cayó habíamos quedado de vernos por la tarde, ¿te acuerdas que mencionó que iba a dar un gran paso? Me acuerdo. ¿Te comentó algo más? Al parecer sabía quién asesinó a Canizales. ¿Sí? Pues no dijo nada, sólo que iba a arder Troya. ¿No te interesaste por los detalles, no tuviste curiosidad? La verdad no, andaba muy altcrada. Bucno, si necesitas algo, llama, despídeme de tu padre y ayúdalo a salir del bache. En cuanto salga del mío.

Cuarenta

En la pequeña sala Marcelo Valdés cerró los ojos. Todo el día había meditado sobre el futuro. A su lado su mujer hojeaba revistas glamurosas. Bebió un poco de té de manzanilla. Cuando me hice poderoso no lo podía creer, era una sensación desconocida pero que no me atemorizó. Iba y venía, iba y venía. La sentía en el pecho. Miles de hombres, se puede decir, se cuadraban ante mí; llamadas todo el día y un telefonista o dos respondiendo que estaba ocupado o con el señor presidente. Mujeres. Cabronas. Fingiendo orgasmos, diciendo que me querían, las que no eran vírgenes confesando que nadie se los había hecho como yo. Pendejo que tantos años les creí. Antes de morir, mi padre me pidió prudencia: Mijo, si vas a seguir por ese camino no te conviertas en un chacal, es muy feo; pero era demasiado tarde. ¿Escucharon de acribillados a mansalva? Yo lo ordené. ¿De corrupción policiaca? Fuimos los dos, ellos por sus sueldos de hambre y yo porque lo quería todo. Financiamos bandas de música, campañas políticas y programas de ayuda en caso de ciclones, incendios, inundaciones. Mi nombre era un nombre que se pensaba. Marcelo Valdés es hombre no pedazo. ¿Cuántos corridos tengo? Suficientes para amenizar una fiesta. Y ahora. Sintió un nudo en la garganta. No podemos con un miserable policía, un cabrón que me odia a pesar de que nada tuve que ver con sus desgracias. Una lágrima en su mejilla izquierda. Y Samantha tan inmadura, mija, tan linda pero tan impulsiva. Minerva se acercó. Se abrazaron. Cuando me contaban que los viejos lloraban por cualquier cosa jamás lo creí: es que no saben esquivar las basurillas. La apretó. Lo hará bien, te lo aseguro; sólo una cosa, viejo, que no herede tus enemigos; a ese policía déjenlo en paz, para mí que es mejor que exista, es un enemigo blanco que proporciona un contrapeso y que jamás la detendrá: no se lo permitirían. Entonces no hizo nada por detener el llanto.

A unos veinte metros, los guaruras fumaban, conversaban bajito.

Cuarenta y uno

Las sábanas olían a limpio. En caso de ser así, ¿quién se estaba midiendo con él?, ¿merecía matar a dos personas y amenazar a otra nomás por desafiarlo?, ¿por qué? Goga no podía tener razón, era demasiado perverso; ciertamente había encarcelado a muchos pero jamás recibió amenazas o noticias de que alguien se quisiera vengar; no obstante, se hallaba a punto de encontrar a quienquiera que hubiera sido. Los bandidos no consideran vida la suya si no provocan a la policía tanto como los patos a las escopetas. Es la inmunda realidad. Sin embargo, debo salir del caso, es suficiente, si encuentro al culpable lo saludo. ¿Cómo está la familia? Oye, qué cabrón estuviste, nos superaste de calle. ¿Te molesta Quiroz? No le hagas caso: está loco, ¿algún nuevo plan? Y ya. Sin embargo, hizo un repaso: Canizales asesinado, suicidio de Paola, detención de la investigación, agresión a mi casa, el chico de la bici eliminado, atentado contra mí, embestida contra Mariana Kelly, perfume extraño, balas de plata, interrupción de la investigación; según mi chiquita el asesino está empeñado en vencerme. Tal vez quiera verme allí hasta el final.

Lista de afectados: Beatriz, Abelardo, su señora, la madre del chico, Laura, Mariana, Samantha, Aldana. Demasiadas mujeres. Todas, menos Mariana, querían a Bruno. Ellos también lo querían, sobre todo Aldana, a quien Gris Toledo exoneró de culpas sin interrogarlo. En cuanto a Paola sólo la querían Abelardo y el chico. Las demás, en mayor o menor grado, la odiaban. Pero Paola se suicidó. ¿Quién puede matar a alguien que todos quieren? Sacrificaron a Kennedy, a Gandhi, a Lennon, a Colosio, al Che, a Sócrates, a la Marilyn. No es punto de partida pero sí punto de llegada. Por lo que averiguó Rendón hay un trascendente motivo sexual en el asesinato de Bruno, ¿venganza? No había violencia en el cuerpo ni en el lugar de los hechos, ¿placer? Tal vez, a lo mejor por eso utilizó perfume el homicida. ¿Conoció Goga a Bruno? No creo, ¿y el chico?, ¿a quién vio? Paola guardaba su semen. Dante es parte del conjunto, ¿se animaría a matar a Bruno, después al chico y continuar armando su cubo de Rubik? Qué bueno que suspendieron el caso.

Observó el perfil del cuerpo de Goga, que encogió una pierna.

Por la ventana se colaba una leve luz.

Alrededor de la escena están los de la PFU: Ripalda, Figueroa, está Contreras, que tanto el Foreman como el Chapo relacionan con las balas de plata, el Gringo Ponce, la raza del chico de la bici, Mariana, Samantha, el Queteco Valdés. Recordó el informe del Foreman. A Contreras lo encontraron encobijado en el Piggyback. Pineda puede confirmarlo, esto si no le untaron la mano.

Goga se había quedado dormida hacía cuando menos dos horas, él iba por el sexto cigarrillo cuando escuchó un ruido en la puerta de entrada. ¿Regresa Samantha? Qué flojera; tendrá que irse; así que se despabila; sin embargo, el ruido es leve y Samantha es violenta y es su casa y seguro no abre con delicadeza, además, quienquiera que sea ya está adentro y no ha encendido la luz como lo haría ella, que debe estar durmiendo con su hijo.

Se puso los *jeans,* la playera negra, cortó cartucho y entreabrió la puerta que chirrió. No supo por qué pero recordó un bar de Tijuana: La Bodega de Papel y a su dueño cantando un son.

Alcanzó a ver una sombra que se desplazaba con cautela. Fotosíntesis. Vestía de oscuro. Gorra beisbolera. Con el chirrido se replegó a la pared. Mendieta lanzó un zapato al pasillo y la sombra disparó. *Luigi* ladró en el cuarto de Mariana. El detective respondió sacando la mano armada. El intruso corrió hacia la puerta abandonando el departamento. Tras él. Las mujeres que estaban agazapadas lo siguieron. Escalera. Vestíbulo. Puerta. *Luigi* bajando sin ladrar. Cuando llegó al bulevar un auto se alejaba rumbo al puente Morelos.

El que busca encuentra, reflexionó, definitivamente no eres narco.

Cuarenta y dos

Desayunaban.

A las diez de la mañana llamó el marido de Goga. Me muero de nervios, murmuró Mariana al pasarle el inalámbrico, *Luigi* con ojos cálidos movía la cola. El hombre se encontraba en el aeropuerto Pedro Infante y quería desayunar en Altata. Sé lo que te gusta el ceviche con la Güera, mi amor, no digo que para cargar baterías, puesto que tenemos días sin vernos, pero sí para algo sabroso a la orilla del mar, ¿rentaste carro? No, me he movido en taxi. Entonces toma uno, prende tu celular y nos vemos en Bachigualato, en el entronque del bulevar Aeropuerto con la carretera a Navolato; estoy llegando a la Budget, no te bañes, mi amor, para que luego me hagas ese pasito que tanto me gusta.

Goga se quería morir.

A Mendieta lo estaban velando.

Para acabarla de rematar en ese momento entró Samantha con el niño. ¿Y ese hermoso niño no fue a la escuela? Se nos hizo tarde. Ay, César, exclamó Mariana, te van a poner falta. Claro que no, mi mamá me explicó lo que haremos, mañana le llevaré un regalo al director y otro a mi maestra y se olvidarán de que falté. Samantha reparó en el detective: ¿Y tú, qué haces aquí, basura? ¿A quién le dices basura? A ése, ¿qué no le ves la cara? El niño sonrió. Mariana intentó decirle moviendo la boca que había problemas. Mendieta se puso de pie y se largó sin más.

Goga se cubrió la cara con las manos y no fue capaz de articular palabra.

Pobre *Luigi*.

Tiene que haber una manera que no sea el alcohol, otra vieja o escribir poemas ridículos para salir de ésta. Tiene que haberla. Alcanzó a escuchar al niño que le gritaba con alegría:

Adiós, basura.

Cuarenta y tres

El martes por la tarde le llevó el carro a Castelo a su residencia. Lo devolvió allí porque deseaba verlo, pretendía escucharlo nombrar la vida sin aspavientos, seguro de nada y de todo. Su pena requería esa postura prístina y despreocupada. Para su mala fortuna aún no regresaba de Altata adonde había ido a comer con la familia. Luego se refugió en su domicilio y bebió media botella de Old Parr, escribió un poema de Neruda y se convenció de que no tenía a quién llamar. Ni aun con la maldita imagen de su abusador pudo llorar: no sabía. Encendió la tele pero las películas eran malas, los políticos decían lo mismo y los videos no le llamaron la atención. En el Travel Channel pasaban un documental sobre el adoquinado en Francia que lo hizo sentirse el más miserable de los humanos. Estoy jodido, musitó, esta madre no me vuelve a pasar ni aunque me vuelvan a parir, tanto que he oído que el hombre es el único animal que se tropieza dos veces con la misma piedra y no agarro la onda. Bardominos seguía presente, sus manos delgadas, su olor, su boca húmeda, su aliento mentolado. Bebió de golpe. Buscaré al doctor Parra ahora mismo y más vale que me ayude a salir de esta mierda de una vez por todas, porque solo no puedo.

Teléfono.

Si es ella le cuelgo, bien que me embaucó de nuevo la

maldita, bien que, ¿por qué la acuso si el culpable soy yo? El idiota redomado tiene nombre, se llama Edgar Mendieta. Ring. Además no la amo, no me gusta su pelo corto, ni sus faldas, ni su perfume. Ring. Es patética su esbeltez, sus pechos pequeños, su paso..., todo es patético. Ring. ¿Qué haces en casa, estás regando las plantas o qué? Estoy rezando el rosario. Tú rezabas el rosario con nuestra madre, eras el único que le seguía la onda. ¿Te acuerdas? Como si fuera ayer. Era una forma de estar con ella cuando le vino su crisis de religiosidad. Eso lo entendí después. Sabes qué, me agrada que llames, ¿estás bien? Digamos que en pleno esfuerzo por controlar las ganas de salir corriendo para allá; te escucho raro, ¿estás borracho? ¿Borracho yo?, carnal, soy abstemio. Y yo los tengo cuadrados. No lo dudo, con eso de que allá la ciencia está muy adelantada. Debes tener razones realmente poderosas para beber en martes y a esta hora. Cerramos un caso que merecía celebrarse y fuimos a comer, nada del otro mundo. ¿Y las culichis? ¿Esas ingratas?, haciendo de las suyas, ya sabes que no están menos. De veras te oigo como si estuvieras tomado. Ni que fuera zócalo. Estás ebrio, carnal. Cual ebrio, Enrique, nomás por dos botellas de tequila que me tomé. Ni lo menciones que se me hace agua la boca, aparte de que acá cuesta un ojo de la cara. Con el peligro de que sea chino. O algo peor. Si tanto lo añoras, ¿por qué no te das una vuelta?, parece que de lo tuyo nadie se acuerda. ¿Seguro? Claro. ¿Y dejarías tu trabajo para vagar unos días conmigo? Soy mi propio jefe y puedo tomar vacaciones. Ah, ¿te ascendieron? Cómo crees, sigo siendo un mugroso detective sin grado, unos me dicen comandante, otros teniente, ayer una señora me dijo comisario. ¿Tu placa qué dice? Nada, detective nomás. Pues eso eres, oye, quiero decirte algo, no te asustes, me resulta tan inverosímil que no sé por dónde empezar. Ah, caray, te hiciste joto o qué. Nada, es otra cosa, no es malo, extraño sí pero no malo, sorprendente. Suelta si no quieres que se me suba la presión. ¿Te acuerdas de Susana, la hija de doña Mary? Cómo no, la Susy, la recuerdo muy bien. ¿Anduvo contigo? Salimos un par de veces, yo estaba en cuarto de Letras y ella en quinto de Administración. Pues tiene un hijo, sacó un cigarrillo. ¿Y? Se parece un chingo a ti. Ah, ¿bromeas?, según los médicos mis espermatozoides son muy lentos y por tanto incapaces de fecundar. A lo mejor su óvulo los vio taimados y los fue a encontrar, ve tú a saber, guardó el cigarrillo. Lo conocí esta mañana y no lo podía creer, casi te digo que es igual a ti, tiene dieciséis años y es alto, campeón nacional de la milla en *high school*, ¿cómo ves? Insólito, como dices, se me bajó la borrachera, saca el cigarro y lo enciende. Lo puedo oír, el caso es que el morro quiere conocerte, así nomás, sin compromiso, ¿qué opinas? Mendieta da una intensa calada: ¿Qué me aconsejas?, te recuerdo que eres el mayor. Digo que lo conozcas, nada pierdes, viven en Fresno pero hicieron viaje especial a Portland para que lo conociera y me pidieron que sirviera de enlace. Fumó de nuevo: Me parece increíble. Lo mismo sentí cuando lo tuve enfrente, con su playera negra y esa sonrisa inofensiva de mátalas callando. Por la calle pasó una camioneta con un narcocorrido a todo volumen. ¿Cuándo sería? En el verano, Susana irá a visitar a su familia por primera vez y el morro quiere aprovechar, se llama Jason Mendieta. ¿Qué? Como lo oyes, sorpresas te da la vida, como dice Rubén Blades. Órale, pues pásales la dirección y el teléfono para cuando lleguen. Felicidades, carnal, y disfrútalo, no todos los días se recibe una noticia de éstas.

Encendió el estéreo: *Reflexions of my Life,* con The Marmalade. Se afeitó lentamente intentando recordar detalles de Susana pero se le empalmaban los de Goga con su paso hacia el baño y sus faldas. Se duchó y se fue a dormir: Orgullosa Susana, lindo lunar ahí, ¿verdad? Qué guardadito te lo tenías, cabrona. Goga, por favor vete, ya estuvo.

Durmió mal, aun así alcanzó a recoger su carro y llegar temprano a la Jefatura.

Entró Gris con su coca de dieta: ¿Qué se hizo, jefe?, ah, se afeitó, oiga, qué joven se ve, lo felicito, se nota que ha tenido unos días memorables, le mandan flores y aparece como artista de televisión. ¿Qué es eso, agente Toledo?, le exijo que se comporte y que jamás se deje impresionar por una rasurada. Perdón, es que de verdad se ve muy bien, se quitó varios años de encima. Interrumpió Angelita: Robles en el teléfono. Gris, ¿checaste al jefe que tenemos? Es lo que le digo, que viene convertido en un metrosexual. Más días de éstos, señor. Toledo tomó el aparato: Homicidios; reportan un encobijado en la Costerita, cerca de la entrada al fraccionamiento La Primavera. Avise a Servicios Periciales y a Medicina Forense, partimos para allá. Jefe, la vida sigue, vamos en su carro o en el mío. En el mío. ¿El que parece lancha? En ése no, es horrible.

Iban a la altura del parque Ernesto Millán rumbo a La Primavera cuando sonó el celular de Mendieta. Por favor no me llames, aunque marques hincada, llores y lo que sea no voy a contestar, ¿por qué te cuesta tanto entender que no te quiero, que lo nuestro acabó, que esas faldas voladas te sientan mal? Era Carlos Alvarado, la única persona que había entrevistado en relación con la lista de compradores de balas de plata. Dígame. Sargento Mendieta, cómo se encuentra, qué dice esa buena vida, si yo no hubiera dedicado mi vida a la agricultura habría sido policía que es una forma directa de servir a la sociedad. Muy bien, don Carlos, ¿y usted? Con una duda, ¿entrevistó a mi comadre Ernestina de Villegas? No, don Carlos. Lo pensé, es que ella andaba en Estados Unidos, dos de sus hijos, los mayores, viven allá, fue a visitarlos y pues ya llegó, le anuncié que va a ir usted a preguntarle sobre las balas de plata de mi compadre Federico, me dijo que cuando guste, que no tiene que llamarle; sin embargo me adelantó que sabe dónde encontrarlas, y que si no están aquí seguro las tiene en el rancho. Gracias, don Carlos, hoy mismo le haremos la visita a su comadre, se lo agradezco, adiós.

Canizales no está de acuerdo en que su caso finalice por decreto y al parecer el asesino tampoco. ¿Qué piensa hacer? Un empujoncito no estaría mal, ¿no te parece? ¿Hay cosas nuevas? Algunas. Le contó lo acontecido excluyendo el extraño encuentro en casa de Mariana. Interrumpieron la conversación para escuchar a Quiroz descalificar al asesino en nombre de la PFP. Ese tipo está loco, señaló Gris. ¿A quién se le ocurre? A mí, le explicó su estrategia.

Los recibió Moisés Pineda. ¿Qué hacen ustedes aquí? Es de los míos. ¿Quién es? Felipe Garza, miembro del Cártel del Golfo. ¿Qué hacía tan lejos? No vamos a poder saberlo. Garza yacía cocido a balazos con su camisa Versace y su cinturón de piel de avestruz. A un lado la cobija San Marcos con que lo habían envuelto. Mi capi, no te olvides de nuestro desayuno, el federal sonrió complacido. Mañana a las nueve en La Chuparrosa Enamorada. Ya dijiste, oye capi, ¿a quién le entregaste el cuerpo de Estanislao Contreras?, ¿o era Quevedo? Pineda lo miró desconfiado, los interrumpió Quiroz: Comandante Pineda, ¿qué puede adelantarnos del hoy occiso? Recuérdamelo mañana, le guiñó un ojo. Se despidieron.

Tomaron rumbo a la colonia Chapultepec donde vivía la familia Villegas.

Reflexivos. Frente a Galerías San Miguel, Gris Toledo se volvió para mirarlo de frente.

¿Le digo algo?, la descripción de la camioneta que hizo la Kelly coincide con la de Abelardo Rodríguez, al menos la que manejaba el día que fue a llevar el permiso de su pistola. ¿Me lo juras? No servía la máquina de la Jefatura y fui hasta el Oxxo a buscar mi coca de dieta, allí la estacionó, lo vi claramente. Si Barraza estaba en la habitación de su hija tal vez lo escuchó, luego fue a Altata y después se exhibió ante Mariana Kelly en el edificio donde vive. Así actuaría un alcohólico. Y un provocador que quiere que lo atrapen. Vamos por él.

Le marcó a Beatriz. ¿Y tu padre? Está tomando, le dije que se está perdiendo. ¿Estás en tu casa? Sí, pero estoy saliendo, no aguanto más, no para de proponerme que aborte y no lo voy a hacer; para mí está claro que este bebé cambió mi vida. Tranquilízate, vete a un café, tómate un agua de papaya y piensa en el futuro con tu hijo, hazme un favor, ve en tu celular si Ezequiel me llamó dos noches antes del día fatal; tal vez fuiste al baño o a algo, te llamo en dos minutos.

Por primera vez vio la camioneta con cristales oscuros. Cherokee verde olivo. Sucia. Barraza había hecho la llamada cuando Beatriz fue al baño.

Abelardo Rodríguez se hallaba borracho y solo en la sala de su casa. Detective Mendieta, cómo está, pasen ustedes, escuchaba *Amor eterno,* con Rocío Dúrcal. Qué deleite tenerlos aquí, ¿gusta un trago? Será un placer. Al fin beberemos en vasos de cristal, que es lo correcto. Gris miró extrañada a su compañero. ¿Usted, señorita? No, gracias, es muy temprano para mí. Hace bien, Paola decía que prescindir del alcohol era una forma de mantener el cutis fresco, aunque ella no guardaba mucho la regla, era un volcán mi hija, no tienen idea de cómo la extrañamos. Apagó el estéreo. Sirvió. Salud, dijeron. En algún lugar del mundo deben ser las cinco de la tarde, agregó el anfitrión, y se bebieron todo. En un instante la tensión creció. ¿Se toma otra, detective?, llenó su vaso. Mejor cuéntenos por qué mató a Ezequiel Barraza. Rodríguez miró su whisky, luego a Mendieta, sonrió desprotegido: Tiene razón, detective, pertenece a la pandilla de los malos, se puso serio, sus ojos se humedecieron, motivos de padre, detective, el desgraciado se acostaba con mis dos hijas en mi propia casa, varias veces hablé con él, le exigí respeto para mi hogar y todas se burló de mí, se comportó de lo más grosero, bebió hasta el fondo, no me dejó opción; Beatriz está embarazada, ¿se imagina, un hijo de ese demonio?; no pude resistir, lo único que me pesa es haber afectado a la madre. ¿Y a Bruno Canizales? A él no lo maté yo. ¿Conocía su domicilio? Lo conocía, esa madrugada seguí a Paola, supe que iba con él y me adelanté; la vi entrar en la casa del licenciado, la vi salir. Lo mató Paola, entonces. No, el tiempo que estuvo en la casa transcurrió sin ruido, su pistola no tenía silenciador. ¿Qué hora era? Alrededor de las seis, estaba por salir el sol; me había bañado para ir a la oficina cuando la sentí entrar a la casa como a las cinco y veinte, la escuché salir y la seguí hasta la Guadalupe. En la sentencia de Ezequiel, ¿tuvo algo que ver una llamada que hizo dos noches antes? No supe de eso. ¿Por qué quiso matar a Mariana Kelly? Usted me cae bien, detective, lo adivina todo. ¿Por qué la siguió hasta Altata? Ella y Samantha Valdés amenazaron a mi hija; las encontré muy felices en la gasolinería Del Valle y, no sé, no me pareció justo que mi hija estuviera muerta y ellas disfrutando como si nada; las seguí, las ubiqué en la playa y volví dos días después; al momento de disparar me hundí en la arena y fallé lamentablemente, pobre perro. Pero no le bastó, la acosó en su domicilio. Pues sí, quería completar la faena. Y luego irrumpió en su departamento de noche. ¿Irrumpí en su departamento, dice? Sí, e hizo disparos. No, no fui yo, el lunes la espié, no lo niego, pero jamás intenté entrar a su casa. El perro lo identificó. No lo dudo, son animales muy sensoriales, recordó que *Luigi* se dedicó a mover la cola cuando bajaban la escalera. ¿Quién sería? ¿Y las balas de plata? Es un obsequio de don Federico Villegas, que en paz descanse, hace unos diez años hicimos unas reparaciones en su rancho y me regaló cinco, como con Canizales usaron balas de plata hice lo mismo, según yo para despistarlo. ¿Quién le dijo que Mariana Kelly y Samantha Valdés amenazaron a su hija? Lo leí en su diario, contiene tantas cosas personales que no me atreví a entregárselo; ahora ya no tiene caso guardarlo, lo tengo en mi escritorio, señaló la puerta abierta del despacho, se puso de pie, y me alegra que sea de los malos aunque sigamos hablando de lo mismo. El detective también se paró: Debo acompañarlo. No tengo inconveniente, por cierto, qué hermosa su amiga, los vi en Navolato cuando salían de la clínica y después en la carretera, sonrió. Mendieta resistió.

Era una oficina llena de planos y un librero hasta el tope de carpetas, con un escritorio grande sobre el que se encontraba una computadora y una colección de gorras de beisbol, Rodríguez se notaba relajado, se sentó ante el escritorio, se había quitado un peso de encima. Aquí lo tengo, recalcó y metió la mano a un cajón, sacó una pistola y se disparó en la sien.

Mendieta contempló su cara, luego la pistola. Fiel a Pietro Beretta, masculló, no somos más que una pinche raza de sentimentales.

Cuarenta y cuatro

Esperaron a Beatriz, le dieron una versión que la reconciliara con su padre y abandonaron el domicilio. Cuando se retiraban llegó Dante en su carro, muy serio. Este chico será cosa grande, comentó el detective, sabe cómo meter la realidad en unos cuantos símbolos. Su madre, abatida, viajaba en el asiento del copiloto.

En un crucero, donde un tránsito controlaba el tráfico, Gris Toledo rompió el silencio: Es increíble cómo una familia puede acabar consigo misma. Mendieta, que pensaba en Goga, respondió: Y el asesino de Canizales sigue suelto. Tal vez se enteró de que el caso fue cerrado y vive tranquilo. Por mí que se pudra, les dieron el paso, el agente saludó a Gris, para serte franco acabo de perder interés, estoy harto de navegar entre intocables que infringen las leyes a su antojo. Hubo otra larga pausa. Me dejé llevar por la inercia, además se nos agotaron los sospechosos. ¿Laura, Dania, los de la PFU? Si fue alguno de ellos y lo detenemos nos convierten los convictos en vegetarianos, imagínate, mejor lo dejamos como está.

Caballería. El detective vio que era Briseño. Iban a la altura del monumento a Zapata rumbo a la Jefatura. El jefe cocinero, sonrieron, ¿qué receta estarán preparando?, ¿por qué no la manda a estudiar y dejan de reñir? No creo que sea sano discutir tanto por una sopa de lentejas. Respondió:

233

Mendieta. Ya me enteré de que Pineda les impidió hacerse cargo del encobijado de hoy, es tu suerte, Zurdo, te lo he dicho, siempre caes en blandito. Gracias, jefe. Oye, necesito tu cauta voluntad negociadora, ese amigo tuyo de *Vigilantes nocturnos* no ha dejado de fregar, me tiene frito, trae una campaña con Canizales sin mencionarlo que no sé de dónde viene, quiero que te encargues. Entiendo, ¿tiene por ahí algún sobre con el que no sepa qué hacer? ¿Crees que soy de Narcóticos? En este país toda la Policía es de Narcóticos. ¿Lo puedes controlar, digo, que no ande de bocafloja? Usted dijo que me hiciera cargo.

En la Jefatura todo marchaba igual. Angelita los recibió con una sonrisa y un hato de recados. Mija, consíguenos vales de gasolina. Ya fui, me dijeron que hasta el próximo mes, que le eche agua. Mira qué cabrones.

Briseño le contó que tal vez era algo orquestado por sus enemigos. Esos desgraciados que no me dejan en paz, ¿de dónde les nació el interés por Canizales y las balas de plata? Lo único que van a lograr es que el asesino mate a otro inocente.

En su oficina intentaba salir de Goga, de quien no se atrevía a tomar ninguna llamada, y de Bruno, que aunque no lo deseaba, terminaba relacionándolo con cualquier asunto que le viniera a la cabeza. En los recados encontró uno de LH, le marcó: Amigo, estoy ante un salmón a las finas hierbas rociado con un merlot de Casa de Piedra, cosecha del 93, lo saludó su colega. Yo ante un dorado a la plancha con salsa de nopal, unos chiles toreados y una Pacífico bien fría, qué onda mi Ele, puro omega tres, ¿no? Pura vida mi ese, oye, te llamé para saludarte y decirte que el aroma que me mandaste es una esencia hindú, se llama «Para que no me olvides», y es curioso, porque, ¿te acuerdas que debía analizar una muestra de San Bernardino?, pues resultó similar a la tuya, si no estuvieran tan lejos podríamos pensar que se trata del mismo criminal. ¿Sabes algo de los muertos? Muy poco: hombres maduros, solitarios. ¿Bisexuales? Ni idea, aunque un sustancial porcentaje de norteamericanos lo son. ¿Balas de plata? Creo que sí. Empezó a transpirar. Pinche caso, no quiere dejarme, deliberó y expresó: ¿hay alguna razón conocida por la que usaran esa fragancia? No, que yo sepa, al parecer es la primera vez que se presenta un caso, los hindúes lo asocian al sexo desenfrenado. Según la mitología, Ravana, un cruel demonio, rapta a Sita, esposa de Rama, la esconde en una isla, Rama se alía con una tribu de monos y la rescata; Sugriva, el líder de los monos le da el perfume para que la noche del reencuentro Sita olvide el sufrimiento del cautiverio y la entrega sea total. Es una bella historia de Eros sin Tánatos. Según Magda, que hizo la investigación, la fragancia llegó a Occidente, donde se desvirtuó el sentido de la leyenda, le agregaron el Tánatos, que es lo que implica morir en el acto sexual. Pero no de un balazo en la cabeza, ¿o sí? Oye, preguntas como si no hubieran cerrado el caso. La desgraciada deformación profesional, mi Ele, qué le vamos a hacer, a propósito, ¿se mencionó alguna secta involucrada en los crímenes? No, que yo sepa, ¿quieres que investigue? No te molestes, no tiene caso, pero si te enteras de algo me avisas. Bueno, que disfrutes tu pescado. Gracias y por ahí nos vemos.

Qué tiempos, Dios mío, los asesinos imponen su estilo: perfil de la víctima, balas de plata, fragancia hindú, ¿siempre sería así? Qué bueno que no continuamos.

Caballería. Mendieta. Zurdo, ¿va a venir a comer? Ger, por qué preguntas si nunca voy, ¿conseguiste para pagar el teléfono? Ay, Zurdo, con quién quiere que consiga si usted es mi sostén. Con Walter Machado. Sólo le consulto de amores y esas cosas, páguelo usted, no sea malo y me lo apunta en el hielo. Eres una desvergonzada. Pero usted es buena onda. Está bien, pero que sea la última vez. Oiga, como sé que le gusta tanto, hice asado, véngase volado, ¿qué puede perder?; si se le escapa algún delincuente después lo detiene. Déjamelo en el micro. Está bien, nomás no se le olvide echarle la verdura; ah, le llamó un gringo. ¿Enrique? No, a su hermano lo conozco, otro que casi no se le entendía, yo creo que es pariente suyo, no se me grabó el nombre pero se apellida Mendieta, como usted. ¿Dejó su teléfono? No. Si vuelve a llamar se lo pides y le das mi celular. Zurdo, qué cree, Chespirito le dio trabajo a la Lourdes, ¿qué le dije?; en cuanto la vio la reconoció, es que la sangre no miente, y viendo eso, el Marco Antonio se alborotó, quiere buscar a su padre y ya investigamos, está en Los Ángeles, va a cantar en el teatro Kodak. No telefoneaste de nuevo, ¿verdad? Claro que no, qué desconfiado, el Marcos lo hizo de su escuela, no tardan en citarme por mala conducta pero no importa, pobre mijo, está desesperado.

Entró el mensaje número veintiséis de Goga. Pinche diabla, ni loco lo abro, observó el aviso y se sintió estúpido. ¿Por qué no? ¿Qué me puede suceder que no me haya sucedido? Percibió su sangre helada, caliente. Total, una raya más al tigre. Lo abrió: «idiota, animal, cretino, engreído, acomplejado, poco hombre, espero kt mueras». Desconcertado arrugó la frente. Vaya, ahora que hable de madurez la cabrona.

En ese momento deseó largarse, ¿le alcanzarían sus ahorros para vivir un tiempo en otro planeta mientras en-

contraba trabajo? Podría dar clases de literatura en una pre-
pa o corregir ortografía en un periódico. Irse. Esfumarse.
Perderse. ¿Puede el hombre cambiar de vida? Entró Gris:
Jefe, es hora de la botana, ¿le llegamos?

En El Quijote la Cococha los acogió con cerveza fría:
Edgar, ¿por qué te habías perdido?, todos siguen viniendo menos tú, tienes muchas faltas. El trabajo, Cococha,
ya sabes. Aquí también hemos estado llenos, la gente cada
día es más borracha y escandalosa, ¿verdad? A ese paso todos van a morir de cirrosis. O de algo peor, sonrieron, Gris,
estás divina, mi reina, ¿dónde te cortaste el pelo? Por mi
barrio. Te lo dejaron precioso, como a Thalía en sus mejores tiempos, ¿nunca has pensado teñírtelo como Shakira?,
te quedaría muy bien. ¿Tú crees, no me vería muy llama-
tiva? Y qué, mijita, si no te dejas ver ahora, ¿cuándo? Se
lo toca. Lo tienes muy sano. Un día de éstos te doy la sorpresa. Oye, Edgar, mijo, pónganle freno a los *narcojuniors,*
no hay quién los aguante, llegan, hacen sus desbarajustes
y se largan como si nada, no es justo. Primero debemos resolver el problema de los narcopadres, les ha dado por matarse entre sí y envolverse en cobijas. Todos están locos,
¿qué les apetece, mijo? De todo. Yo además una torta de
pierna, Cococha. Enseguida.
     Les sirvieron caldo de pescado, pargo frito y camarones
empanizados.
     Una hora después.
     ¿Qué hacemos? Rascarnos la panza. Nos vamos a
aburrir, si gusta visitamos a la señora Villegas. Qué flojera.
Digo, nomás por no estar inactivos, en la mañana íbamos

para allá. El caso está cerrado, Gris, y estos días he vivido tantas emociones que ahora sí quiero pensar en otra cosa; hizo señas de que le trajeran la cuenta, la Cococha se la pasó y: Edgar, ¿te acuerdas de aquellas muchachas?, una noche que viniste se sentaron por ahí, con ellas venía un mariconcito, un travesti. Me dijiste de qué familia era. Pues a una la raptaron el sábado. ¿Quién? Dicen que gente de Marcelo Valdés; te tocó ver qué tremendas eran, coqueteaban con todos cuando un güero a quien nombran el Gringo, estaba sentado por allá, se paró, la agarró del brazo y la sacó a la fuerza, la muchacha gritaba desesperada pero quién iba a defenderla, ni el Chapulín Colorado. Cuídate, no vaya a ser. Ay, lindo de tu madre, qué tiempos aquellos en que yo daba todo, ahora lo único que doy es lástima. No diga eso, todavía da el gatazo, enfatizó Gris. Gracias, mi reina, la torta va por mi cuenta. Una ex porrista de los Tomateros, ¿no? Fue la otra, una morena muy guapa, la que se llevó. Intempestivamente se puso de pie. ¿Qué pasó? Gris barrió el local acariciando su pistola, extrajo un billete del sobre para Quiroz y lo dio al mesero. Quédate con el cambio. ¿No es mucho? Te lo mereces.

Abordaron el Jetta. Jefe, ¿está bien? Claro, sin embargo vamos a hacer un par de movimientos, combatimos la esclerosis y tal vez resulten más interesantes que visitar a la señora Villegas. Le marcó a Montaño, que respondió a las quinientas: Qué onda. ¿Dónde andas? Donde siempre, es hora de comer, ¿no me pueden dejar tranquilo? Necesito un favor. Ahora no, Zurdo, estoy ocupado. Es fácil para ti, la porrista de los Tomateros con la que sales tiene un amigo travesti con el que me gustaría conversar. No me digas ¿es cierto entonces lo de las flores en tu oficina? Qué te diré, me va tan mal con las mujeres que ya perdí el temor a hacerme joto. Te llegó fuerte la crisis de los cuarenta, ¿no? Aguárdame un momento, lo escuchó murmurar, dice que tiene varios, que cuál. ¿Estás con ella? ¡Brujo!, no puedes ser más oportuno. El que la acompañó hace una semana al Quijote. Espera, va por su agenda; ¿te digo algo, Mendieta?, no tienes idea de lo hermosa que se ve caminando desnuda, es otra: grácil, esplendorosa, voluptuosa, suspiró, es de un erotismo brutal, una visión insuperable; ya viene... se llama Alexis Valenzuela. Le pasó el número de celular.

Permaneció absorto. No sólo los gatos, algunas personas también tienen siete vidas y siempre caen de pie, continuaban estacionados frente al restaurante. A veces la memoria es una maldición, sentenció, Gris de plano no lo entendía: Jefe, ¿le marco a Valenzuela? Ve si nos puede recibir esta tarde. ¿Y la señora Villegas? Olvidémosla, andamos en otra cosa y como te dije ya no quiero saber de Canizales y menos de gente que no tiene que ver. Pero ¿Valenzuela no es parte de lo mismo? Créeme, Gris Toledo, no seas necia, mientras no tengamos qué hacer, podemos interesarnos por algunos detalles, la biografía social de la víctima, por ejemplo, que se vestía de mujer y, ¿por qué no?, algo de las balas de plata. Le contó la teoría de Rendón. Mientras aparece algo interesante, que no sea para Narcóticos.

Cruzaron el río Tamazula por el puente de Orabá.

Giraron a la derecha en el malecón Valadés, disponían de tiempo para un paseo antes de su cita. El tráfico era intenso. Repentinamente frenó frente al edificio donde vivía

Mariana. Tres guardaespaldas se hallaban a la vista. Espera aquí. ¿Qué hago? Deliberó. Practicar mi estupidez, no vaya a ser que se me olvide. No creo que Goga esté aquí. ¿Por qué *Luigi* no ladró esa noche?

Uno de los guaruras lo reconoció y fue a su encuentro, había sido judicial: Jefe Mendieta, dichosos los ojos. Mi Diablo Urquídez, qué tal, ¿estás bien? Muy bien, gracias a Dios y a María Santísima, que no nos deja de su mano, besó una medalla de oro. Órale, ¿y qué hacen aquí? Una morra, amiga de la hija del jefe, le tiene miedo a un güey y le pusimos plantón. ¿Y apareció? ¿Usted cree que se anime con nosotros aquí? No en esta vida, ¿hay alguien en el departamento? Nadie, ayer se fueron a la casa de don Chelo; oiga, no se va a morir nunca, el sábado estuvimos hablando de usted, mi suegro lo admira mucho. ¿Quién es tu suegro? El Chapo Abitia, dice que se conocen desde morritos. ¿Andas con Begoña? Somos novios, si Dios quiere nos amarraremos en noviembre. Pues muchas felicidades y me saludas al Chapo, ¿no estudia algo Begoña? Sí, pero conmigo para qué quiere escuela, ni a ella ni a su familia le va a faltar nada, primero Dios. Tendrás razón, bueno, mi Diablo, nos vemos. ¿No va a entrar? No es aquí adonde vengo, hasta luego. Caballería. Era Briseño, pero lo dejó sonar.

Se encontraron con Valenzuela en el bar del hotel Lucerna. Su celular no paraba de sonar y él de contestar. Era un hombre delgado y fuerte, de voz varonil y estatura regular. Disculpe la molestia. No es nada, si la Keiko dice que hable con ustedes, hablo con ustedes, faltaba más, celular.

Hola guapo, ajá, búscalo en la SAS, corazón, claro, ¿me esperas un momento?, estoy en una conversación inaplazable, te llamo al rato. ¿Podríamos hablar sin interrupciones?, será sólo un momento. Adelante, lo puso en vibrador; soy todo suyo, comandante, oiga, se ve usted muy relajado, se nota que le gusta su oficio. Gris se aflojó: ¿Conocía usted al licenciado Bruno Canizales? Ay pobre, ya supe, estuvo en una fiesta con nosotras, hace meses, lo llevó Isadora. ¿Quién? Francisco Aldana, el bailarín de contemporáneo que ustedes vieron en Mazatlán, por cierto está aterrorizada; no hizo nada, ¿verdad? Mientras no tengamos al culpable no estaremos seguros, terció Gris. Canizales era bastante informal con sus amores, se rumoraba que últimamente andaba de buscona, que se iba a Guamúchil y otras ciudades no lejanas; algo muy emocionante pero peligroso. ¿Sabes de alguien que hubiera sido su víctima? Lo conocimos apenas y por lo que me contó Frank era un amante inconstante, incluso le presentó a la Loca Adams, con la que al parecer también tuvo su *affaire*, usted comprende: el drama de los bisexuales; la verdad, dudo que él haya cometido el crimen, Frank es frágil e impresionable, inseguro. Canizales fue asesinado con una bala de plata, ¿has oído de alguien que las use? Comandante, ¿qué pasó, tengo cara de facineroso?, estoy por la paz del mundo, aunque el día que me vio con la Keiko veníamos del panteón, hizo un año que me mataron un novio, quedé deshecha y me parece que fue con bala de plata, fueron momentos tan tristes que la mayoría de las cosas no las recuerdo. ¿Cuál era su nombre? Klaus Timmerman, un güero grandote, bien dotado, Dios mío, cómo lo extraño, y viera que no era joven, unos cuarenta pero de una fogosidad que no he vuelto a encontrar. ¿Hubo investigación?

241

Sí, hablé varias veces con un policía, creía que yo lo había matado, como ustedes de Isadora, ay no, mi pobre Klaus. ¿Te dijeron quién era el culpable? No, ya ve cómo es esto, tal vez a su familia, que por cierto me odiaba, y yo me encontraba tan mal que jamás pregunté. ¿Has escuchado de otros que hayan acabado con balas de plata? Mi capitán, la tristeza nubla el entendimiento, ¿nunca ha perdido un amor? ¿La familia de Klaus vive aquí? Completita: mujer, hijos, padres y hermanos. Bueno, esperamos no molestarte más. Nada, comandante, cuando se le ofrezca, y por favor encuentre al culpable si no a la pobre Isadora no la contamos. Anota aquí la dirección de Klaus.

En el estacionamiento del hotel le marcó a Ortega. Qué bueno que llamaste. Suelta o no te doy el diario. Anoche encontraron un auto guinda en el canal Rosales y adentro una Smith & Wesson de modelo reciente, haré las pruebas para ver si es el arma que buscamos. ¿Encontraron papeles? Nada, era *chocolate,* uno más, como si el tráfico no fuera atroz, tampoco encontramos huellas. Oye, ¿qué no cerraron el caso? No me digas, y yo clavado. Tampoco para ti acabó, ¿verdad? Cuando un caso no se termina hay una inercia, simplemente estamos en ella, ¿qué pasó? Porque no llamaste para saludarme, te conozco mosco. Hace un año mataron a Klaus Timmerman Acevedo, probablemente con una bala de plata, ¿lo recuerdas? Hace un año estuve tres semanas en Vancouver en un curso de macramé, ¿y tú? Yo en uno de ganchillo en Tijuana. Fue cuando ocurrió lo de aquélla, ¿verdad? Hizo caso omiso, pero recordó que había ocurrido tres meses después. Si nos lo pasaron seguro algo sabe Sánchez, tendré que visitarlo en su rancho. Déjalo en paz, mejor veo en los archivos, ¿hace un año dices? Se cumplió la semana pasada. Te llamo al rato, oye, gracias por lo del Memo, sacó diez en el examen y ya está leyendo *El llano en llamas,* dice que con esa novela habrá leído las obras completas de Rulfo. ¿Te dijo que era novela? No, ¿por qué? Son cuentos. ¿No es lo mismo? No eres más pendejo porque no eres más viejo. Tu madre en vinagre. ¿Cómo se llaman las mariposas raras que encontraste en el carro de Canizales? Guasachiatas. Nos vemos. Cortó.

Ernestina de Villegas los recibió muy animada, les ofreció café y les contó la historia de las balas de plata que había dejado su difunto marido. Mucho tiempo estuvieron en el rancho en una vitrina hasta que las tomó mi hijo René, de la casa nueva, que por cierto nos construyó el señor Abelardo Rodríguez, pobre hombre, ya me enteré de que se le suicidó una hija. ¿A su esposo le gustaba tirar con balas de plata? Jamás lo hizo, las tenía para presumir a sus amigos y en Navidad se las regalaba, compraba de varias marcas y calibres. Su hijo sí las dispara. Qué las va a disparar, es un alma de Dios, las debe tener en su casa y de seguro hace lo mismo que Federico, que Dios tenga en su santa gloria. ¿Dónde está? Aquí, vive en Los Ángeles pero vino a traerme y a llevarse a su mujer; debe estar en su casa en la Guadalupe, vive por la Río Presidio, ¿quiere que le llame? No, señora, no tenemos por qué molestarlo. Lo puede ver en esa foto cuando se casó, es la más grande, al lado de la nuestra. Mendieta vio la galería de fotos de la familia pero no se interesó. Que mataron a uno con una bala de plata, me contó mi compadre Carlos. A dos. Dios santo, ojalá atrapen al asesino, ya ve cómo estamos con esos encobijados. Bien, señora Villegas, en realidad se sentía fastidiado, le agradecemos su información, el caso se hallaba cerrado y ellos allí perdiendo el tiempo; lo había hecho por Gris, que se mostraba muy inquieta, sin embargo, se repitió que no debía permitirse esa clase de concesiones, ¿a qué jugaba?, se pusieron de pie, se encontraba en el límite; Parra le había enseñado a identificar ese estado de indefensión y controlarlo, ¿no sería mejor meterse un ansiolítico y continuar leyendo *Noticias del imperio* que lo había atrapado? Estoy para servirles, señores, lo que se les ofrezca. De salida se detuvo un instante en la foto de René y su esposa: dos jóvenes de pelo largo, sonrientes, listos para comerse el mundo.

Antes de trasponer la puerta sonó su celular.

Ahí te va, exclamó Ortega, a Timmerman lo mataron con bala de plata y para que más te guste con Smith & Wesson, hace un año, lo encontraron en la sala de su casa con un balazo en la cabeza. ¿Vivía solo? De momento, su familia vacacionaba en Alemania. ¿Estuvo Sánchez a cargo? No. Fue la última comisión de Ernesto Ponce, tu gran amigo Gringo. ¿Crees que sea la misma pistola con que mataron a Canizales? Es del mismo tipo, no las modifican con frecuencia, ¿sigue clavado, mi niño? ¿Hay reporte de detenidos o de investigaciones? Interrogaron a su familia, dos hermanos, padre y madre, tres vecinos, cuatro veces a Alexis Valenzuela, con quien tenía una relación sentimental, según se asienta aquí, y a René Villegas, amigo de la víctima. Cortó.

De pronto fue presa de una aprehensión inesperada, detuvo el carro en el malecón Valadés a un lado del club campestre Chapultepec. Descendió, demudado caminó por la acera. Se detenía. Avanzaba. Volvía a detenerse. Gris,

a prudente distancia, comprendía que algo se estaba que-
brando en su interior.

Tres minutos permaneció en ese estado. Al final miró
al cielo y se acercó a su compañera: Agente Toledo, ¿crees
en el poder de los abrazos? Masculló que sí. Pues dame uno
muy fuerte porque me está llevando la chingada.

Cuarenta y cinco

El mejor placa es el placa muerto, pronunció al reanudar la marcha, si la policía mexicana fuera íntegra no merecería pertenecer a ella. Luego fueron callados hasta que tuvieron a la vista la casa de René Villegas, residencia que el detective había visto muchas veces. Iluminación tenue. Jardín. Cochera. Un almendro en la acera. En la cochera un carro mediano. Gris se hallaba excitada, quería saber pero no se atrevía a preguntar, ¿quién era la Loca Adams?

Voy a empezar por las flores, aclaró al fin el detective sin dejar de mirar la residencia de dos pisos. Le contó el encuentro con Goga, los antecedentes, sus recientes horas juntos y la llamada del marido. Terminó con el mensaje, que le mostró, Gris lo leyó y permaneció en silencio, pretendía ubicarse sin consultar. Entonces, ¿quién mató a Bruno Canizales? No lo sé y la verdad tampoco me importa. Así era, su intuición le indicaba que se encontraba ante un escollo que tenía más que ver con él que con otra cosa; estaba el asunto de las balas de plata y lo de Timmerman, pero no era suficiente. No se hallaba seguro de nada y eso era lo suyo: la reacción de su insignificancia ante lo imposible. No le agradaba explicarlo. No podía ni sabía. Nada es verdad, nada es mentira. Lo que esperaba es que la inteligencia espacial de ella lo ayudara, llegado el momento, a poner los pies en la tierra. Viven en el gabacho, farfulló.

¿Qué denota eso? ¿Viste la foto de bodas de René? De pasada. La novia es Goga.

Durante tres minutos ninguno externó nada.

¿Quién es la Loca Adams? Ni idea.

Mendieta pensaba en *Hamlet,* en que tal vez tenía un hijo de dieciséis años, en lo difícil que es amar, incluso Bardominos vino a su mente. Realmente es la búsqueda de un otro que no existe, y que sin embargo nos tiene arteramente contaminada la identidad.

El celular dio la señal de que había mensaje. Era de Goga. Lo observó un instante y lo pasó a Gris: Ábrelo. Gris leyó y se lo regresó: Será mejor que lo lea usted. «Perdón, te amo, kiero verte.» Mendieta quedó nuevamente meditabundo. ¿De qué clase de persona he estado enamorado?, ¿acaso es una provocación?, ¿vigilarán? Goga Fox: no existes, nunca te conocí, ni te hice el amor, ni te vi ir al baño. Se volvió a su compañera: Gris. ¿Pido refuerzos? No, tienes que dejarme solo, como puedes ver es un asunto personal y no me gustaría que te ocurriera algo. Jefe, soy su acople. Lo sé, pero es tan complejo que es mejor que no te involucres. No me haga eso, si me quedo enloqueceré, se lo juro; si noto algo en lo que yo no deba estar, me abro, se lo prometo. Él sacó su pistola de la guantera y ella de su bolso, abrieron las puertas. Sea por Dios.

Toc toc toc.

Se escuchaba una música suave. Abrió Villegas. Vaharada familiar. Mendieta lo recordó de la única vez que lo vio en Altata cuando conoció a Goga y de unos días antes cuando visitó a Canizales: acompañaba a las muchachas y al hermano. Vestía con estilo y pulcritud. René Villegas, somos ministeriales, levanta las manos, se te acusa de los asesinatos de Bruno Canizales, Klaus Timmerman y de al menos dos más en San Bernardino, California. René sonrió, tenía una cuba en la mano, Gris Toledo empuñaba su arma. ¿Cómo vas a demostrar eso, animal? Sí, cómo piensas hacerlo, se burló Goga apareciendo tras el marido con una sonrisa sarcástica, su falda amplia y su blusa floreada. La policía mexicana es una mierda, una caterva de idiotas podridos de corrupción, agregó Villegas sin perder la ironía. Mendieta le asestó tres cachazos en la cabeza y una patada en la entrepierna. Así, cabrón, nuestro método infalible. No lo golpees, gritó Goga enfurecida amenazándolo con las uñas. Ni siquiera podrás llevarme, continuó el marido recuperando el aliento, le escurría sangre por una oreja, mis amigos no lo permitirán, y vaya que los tengo encumbrados, además, careces de pruebas, ¿sabes qué tienes en la cabeza?, mierda, bebió de una botella de ron que tenía a mano, tarado hijo de la chingada. Y quién te dijo que aquí necesitamos pruebas para partirte tu madre, eh, lo pateó de nuevo y le asestó un cachazo en el cuello. Gris apuntaba a la pareja que hacía caso omiso de su presencia, Villegas trastabilló, Goga se interpuso: Déjalo, Neandertal. Tú apártate, la empujó con decisión, cayeron una lámpara y varias porcelanas, ¿no tenías ganas de verme, Loca Adams? Su rostro se descompuso. Ese apodo me agrada, me proyecta, me incita, Gris la tomó del brazo, Goga la rechazó: Suéltame, adefesio, miró a Mendieta con ojos desorbitados, me moría por verte, ¿no lo sientes?, ¿no te estremecen mis feromonas? Y mira, estúpido, excepto tus salvajadas no tienes argumentos para acusar a René, ¿qué es eso de que mató a Klaus Timmerman?; reconócelo, este rival es mucho más inteligente que tú, más astuto, más bello y te ha vencido, ella crispada y Villegas sonriendo, la botella derramándose. Es verdad, no sé si el asesino de Canizales eres tú o él. No me hagas reír, ¿cómo vas a comprobar eso? Por el perfume hindú: «Para que no me olvides». Goga dejó de sonreír, era la fragancia que emitía en ese momento, la misma que el detective olfateó cuando abrieron la puerta. Insensato, aulló y se le fue encima, pero Gris, que pensaba en imágenes, resolvía crucigramas y jugaba al ajedrez con Rodo, la sometió limpiamente, la esposó y después al marido que oscilaba un tanto mareado. Aún así no hallarás nada, idiota, no me harás confesar, es tu palabra contra la mía. Gris, llama a Ortega, dile que traiga la escoba. Le marcó al Gori Hortigosa, el especialista en confesiones difíciles. Mi Gori, cómo anda la mecha. Bien, mi Zurdo, aquí celebrándole los quince años a mi niña. ¿Puedes hacer un jale? ¿Urge? Más o menos. Ya sabe usted que es mi vocación. Nos vemos en la Catedral en una hora. Se volvió a Villegas: En la Catedral todos confiesan, hasta ahora nadie ha tenido secretos para el Gori Hortigosa, ustedes deciden. El marido sonrió: Te vencimos, Zurdo Mendieta, reconócelo, Goga lo miraba sin parpadear, eres un policía de segunda y un novato en la cama. La tenías harta, agregó el marido, un tipo que no sabe hacer el amor no sabe hacer nada, después de Canizales fuiste su peor alumno. ¿Por eso lo esperó ese jueves para matarlo? Por eso y porque no se quiso vestir de nena alegando que no tenía ropa a la mano, también se resistió a lo que consideró una humillación, a la que tú cediste como un corderito, ni siquiera fueron necesarios los influjos narcóticos de nuestro perfume, salvo hoy que estabas destinado a morir, ¿estás grabando?, porque no me importa. Mendieta contuvo los deseos de machacarlo. Lo matamos entre los dos, reconoció Goga con orgullo. Claro, mija, aunque yo sólo acomodé las sábanas no te estoy culpando, y no nos va a pasar nada, en un par de horas salimos de ésta y nos largamos, ya encontraremos en el otro lado con quién jugar; bueno, tal vez le dejemos un recuerdo a ese tal Quiroz, que nos tiene hasta la coronilla. La otra noche te escapaste de milagro. Perdón por quedarme dormida, expresó Goga con una sonrisa. Y este idiota que creyó que llamabas del aeropuerto.

¿Cuánto esperaron a Canizales? Tres horas, el muy maldito se había ido a Mazatlán a ver a Isadora. Al principio llevábamos otra idea, divertirnos y eso, pero se tardó y toda espera genera indisposición. Recordó al chico de la bici. Tenemos un testigo que los vio salir. Es igual, no podrás con nosotros, tenemos dinero suficiente para comprar a la Suprema Corte, si se ofrece. Ni porque los felicitó en Navidad lo perdonaron. Perdonan los débiles y los estúpidos, nosotros no. ¿Y la Smith & Wesson? Está guardada en mi clóset, con las balas que quedan, complacimos a Bruno, ¿verdad, mi amor? Goga no respondió.

Un carro se estacionó.

Los detectives pensaron que se trataba de Guillermo Ortega, pero no, eran Samantha Valdés y Mariana Kelly: Ay Mendieta, ¿otra vez tú, bueno, qué no te cansas de incomodarme, y ahora qué? Mariana comprendió al instante, tomó a Samantha del brazo: Sugiero que nos vayamos, Sam, por favor, te lo suplico. Ellos mataron a Bruno Canizales, les confió el detective. Samantha quedó demudada: ¿Es verdad?, sus ojos chispearon. Puta madre. Fue un lamentable accidente, Sam, sólo eso. ¿Tuviste algo que ver con él? Nada, ¿por qué tanto escándalo? Tú tampoco lo querías, señaló Goga con desprecio. Mariana la jaló hacia la puerta: Sam, por lo que más quieras. Qué poca madre, pinche Goga, yo no lo quería pero mi hijo sí. No seas ridícula, intervino el marido, deja de decir tonterías y llama a tus guaruras para que este Neandertal nos deje en paz. Estás pendejo, pinche puto arrabalero, si crees que esto se los voy a pasar, estás tumbado del burro, vibraba de rabia; tuve la sospecha de que algo tenías con Bruno pero no te creí capaz. No exageres, no es para tanto, Samantha apretó los labios. No me digas, ¿quieres decirme lo que importa? Estás pendeja, Mendieta, hazte un favor, no me caes nada bien, lo sabes, pero de la mejor buena fe deja que yo me encargue de ellos. El caso está cerrado, tú mismo lo dijiste, y si le dolió a mi hijo la muerte de Bruno me duele a mí también, qué caray, además por lo que te confié; deja que corra el agua, Mendieta, deja que vuelen pelos. Mariana se puso fría. Gris le clavó la vista.

Fue Goga la primera en cambiar de actitud: No lo hagas, Edgar, cumple tu obligación y que la justicia nos juzgue, veinte o treinta años que nos echen como quiera los pasamos. Creo que será lo mejor, la apoyó el marido, oye, todo eso que te dije no era en serio, realmente eres un policía ejemplar, precisó el marido, ¿quieres saber lo de las balas de plata? Además de que él lo deseaba, lo contrario de Timmerman, era por jugar, Samantha lo cacheteó: A callar, pendejo, ustedes y sus pinches jueguitos, se volvió al detective, entonces qué. Espera un momento, ¿a cuántos más mataron en San Bernardino? Mendieta, no seas terco, cabrón, además, ¿de qué te serviría saberlo?

Quítales las esposas, ordenó a su compañera, Edgar, te lo suplico, de verdad quería verte, hacer el amor contigo, conversar, hacerte el pasito, ¿no ves cómo estoy vestida? Gris, hondamente desconcertada, procedió. Samantha llamó a sus guardaespaldas, Goga siguió pidiendo perdón, entraron dos desconocidos, se veían curtidos, uno llevaba un cuerno de chivo. Voy por unas cobijas, gruñó el otro subiendo al piso superior donde debía encontrarse la alcoba, el del rifle les cubrió las bocas con cinta canela y les amarró las manos por detrás.

Salieron.

Mientras le marcaba a Ortega advirtió que sacaban a la pareja y la subían a la Hummer negra de los guaruras. ¿Dónde estás? Muy cerca, en Obregón y Zapata. Olvídalo, no hay nada. ¿Qué pasó? Jack el Destripador que nos la hizo de nuevo. Ah, ¿y no encontraste mejor diversión que citarme? Sí, pero no quiero problemas con Sarita. ¿Te digo algo? En realidad, no pude arrimarme. Pineda pidió ayuda del Piggyback, ¿a quién crees que se escabecharon? Ni idea. A tu amigo Gringo, junto con una muchacha y dos gatilleros. Pues que te aproveche, nos vemos. Cortó. Vieron subir a las mujeres a la Hummer verde y arrancar seguidas de la negra rumbo a la Costerita. En ese momento le pidió al Gori Hortigosa que siguiera atendiendo a sus invitados.

Jefe, Toledo le devolvió sus esposas, ¿hicimos lo correcto? No creo, ¿nos vamos? Abordaron el Jetta.

Al día siguiente la ciudad se vio sacudida por la importancia y belleza de los encobijados, y por la saña con que fueron masacrados. Hubo declaraciones de sus amigos, promesas de las autoridades de acabar con la violencia y una marcha exigiendo que se esclareciera el crimen. *Vigilantes nocturnos* dobló su *rating* y su reportero estrella se convirtió en serio candidato a periodista del año. Lo del Gringo Ponce y los demás ni se mencionó.

Mendieta, en cuanto estuvo solo, lloró. No quería hacerlo pero nada lo convenció de lo contrario. Maldijo la vida, el amor y las chicas de pelo corto. Se maldijo a sí mismo. Por consejo del doctor Parra, pasó unos días en Mazatlán donde conoció a una morena que tenía un ojo verde y otro miel, que también era zurda, pero ésa es otra historia.

Latebra Joyce
Abril de 2007